普|隐|文|库

重现经典智慧
彰显传统价值
升华文明对话
涵养生命阅读

普|隐|文|库

普隐人文　　　　　佛学通识
普隐译丛　　　　　经典阐释
　　　普隐心语 | 圣凯 著

学术支持：清华大学道德与宗教研究院

普德文库

信 心

圣凯 著

商务印书馆
The Commercial Press

图书在版编目（CIP）数据

信心/圣凯著.—北京：商务印书馆，2021
（普隐文库）
ISBN 978-7-100-20231-2

Ⅰ.①信… Ⅱ.①圣… Ⅲ.①散文集－中国－当代
Ⅳ.①I267

中国版本图书馆 CIP 数据核字（2021）第153046号

权利保留，侵权必究。

普隐文库

信 心

圣 凯 著

商 务 印 书 馆 出 版
（北京王府井大街36号 邮政编码100710）
商 务 印 书 馆 发 行
南京新世纪联盟印务有限公司印刷
ISBN 978-7-100-20231-2

2021年12月第1版　　开本 880×1240 1/32
2021年12月第1次印刷　印张 7¼

定价：52.00元

总　序

《周易》云："观乎天文，以察时变；观乎人文，以化成天下。"人立于天地之间，既要体验自身的生老病死、上下沉浮、心念生灭，更要审视、谛观自身变化与天地流转、世事更替、人际往来等的关系。先哲体验种种变化，反思变化规律，提出因应之道，并教化和帮助他人，致力于实现更为善良、有序、可持续的世界，故有文明的开显。因此，人类文明皆是变化之道、观察之道和教化之道。

变化之道作为普遍性规律，隐藏于变化的万象与纷纭的人事之后，体现出超越变化的不变性。天地变化，无非是时间的绵延与断裂；人际往来，无非是关系的独立与相依。绵延与独立为一，断裂与相依为二，所以佛陀提倡"不二"；"不二"即是面对、接纳和谛观一而二、二而一的世界和人生，成就变异多元、和谐相成的变化之道。提倡"普隐"，是希望有缘阅读者明了变化之道。

观察之道是主体依不变性而审视、谛观宇宙人生,从而将普遍性规律纳入主体之心。公元前五六世纪的"轴心时代",先哲纷纷将"天地之心"纳入己之心性境界与生命经验,将自身的观察之道演化为教化之道,诠释宇宙人生的现象,揭示规律和发明定理。东方、西方思想体系之不同,就在于观察之道与教化之道的不同。提倡"普隐",是希望有缘阅读者学习先哲的境界与经验,融摄时代思潮与日常生活,具备降伏烦恼、安顿生命的功夫与境界。

现时代的每个人,皆是几千年变化之道、观察之道和教化之道的继承者,理应追索自身承载的历史底蕴,呈现由之而绵延至今的文化传统,并将当前体贴出来的心灵经验融入其中。换言之,今人既承负着薪火相传、代代守护的文化使命,亦应与时俱进、推陈出新,创造出跨时空、越国界和体现时代价值的当代文化。

"普隐心语"呈现的是自身的经验与境界,以观察之道契入变化之道,融情感体验、生活反思、知识积累、理性思辨、智慧体悟为一体。"佛学通识"旨在将专业、系统的佛学研究转化为清晰、简洁的佛学知识,让社会大众通过现代汉语有缘进入佛学文化传统,呈现当代"教化之道",让佛学文化成为当代中国社会文化的重要组成部分。"经典阐释"旨在将古圣贤的原创性智慧转化为时代性理论,将古代汉语解释爬梳为流畅、优美的现代汉语,让现代读者能够实现机教相应的阅读，可视为借古代的"教化之道"契入"变化之道"。东西、古今的"教化之道"都各有偏重与不同，所以需要交流互鉴，编辑"普隐人文""普隐译丛"系列，以实现各美其美。

于百年未有之变局中，当代中国正经历着广泛而深刻的社会变革，东西相遇，古今融汇，为新的观察之道、教化之道的出现提供了广阔空间。愿不负历史所托，立足东西、古今之变，为变化之道、观察之道和教化之道的传承、创造性转化、创新性发展而发新声，是为祈，以为序。

圣凯

2021年7月于清华园

目 录

存在篇

存在 / 3

缘 / 12

业 / 15

无常 / 18

无我 / 21

死亡 / 23

苦 / 25

烦恼篇

烦恼 / 31

孤独 / 32

修道篇

爱 / 37

布施 / 40

精进 / 43

报恩 / 45

反思 / 46

接受 / 49

惜缘 / 54

理想 / 56

当下 / 60

正念 / 63

信仰 / 64

智慧 / 67

学佛 / 70

修道 / 75

禅 / 84

禅七随感 / 86

马祖悟道之歌 / 106

解脱篇

意义 / 115

自由 / 118

幸福 / 120

解脱 / 123

佛教篇

佛教 / 127

弘法 / 133

新加坡双林寺今昔的感思 / 137

社会文化篇

  社会 / 149

  读书 / 152

  教学

   ——师者生命的呈现 / 154

  文化 / 158

  管理 / 166

  末日论 / 167

行者篇

  同在

   ——体验印度文明的旅途 / 173

  走近季羡林老先生 / 217

存在篇

图：印度恒河

存 在

微博是一种存在方式，也是一种生活方式。你用微博，你存在着，你生活着。微博时代，一个极度自恋的时代。故修道者当远离微博，弘法者当慎用微博，以免增加我执。

反者，道之动。大智若愚，大象无形，大悲无泪，大悟无言，大笑无声。

前世今生，如昨天和今天。生命的相续，是力量的传承，是信息的汇聚。正因有前世和今生，一切生命的安立与提升，才有可能。

活着的意义，在于创造一个比寿命更长的生命。佛陀涅槃了，我们仍然在学习他，以他为榜样，于是佛陀常住世间，这就是法身常在。儒家讲立功、立德、立言，因为事功、道德、文章是生命的存在。你虽会离开这个世间，但是人们仍怀念你的事功，感念你的道德，学习你的文章，那么你的生命仍然存在于这个世间。所以，立功、立德、立言被称为"三不朽"。

寿命只是我们的色身，一个无常迁流的身体，总有一天会变坏、灭坏的；生命是我们的法身，以智慧、道德、慈悲等功德为庄严。我们每个人都有法身，但是由于我们不重视庄严法身，所以无法创造法身常在的存在。每当在石窟、佛像、经卷上，看到数百、数千年前的名字和那些简单的祈求，内心都无比震撼，或许我就是当年的修窟者、捐资者、雕版者。伊人已去，唯留法身，常住于世间。

两天，真正的书斋生活。长期研究南北朝佛教，很喜欢那种乱乱的时代，佛教在各个层面都获得了很大的发展：经典的翻译，讲堂遍地，学无常师，思想的自由诠释，唱导梵呗的流行……有时，面对现实会有诸多无奈。可是，既要享受安静的书斋生活，也要直面现实并勇敢承担。

曾经无数次在电脑前写写删删，最后剩下几行自己认为还满意的文字。可是，过了两个月，对那些文字又有了陌生感。人生如沙上写字，曾经写下许多豪言壮语，每遇大浪来时，字迹便会被冲刷得无影无踪。但是，如果没有经过那种痛苦与折磨，又怎么能平静地接受海浪的来临？

惠施说:"至大无外,谓之大一。"冯友兰先生说这句话含有"一切即一,一即一切"的意思,强调"一切"本身就是至大的"一",而由于"一切"无外,所以"一切"不能够是经验的对象。这与华严宗的事事无碍法界有本质的区别,但是达到了理事无碍法界的境界。

世间的存在、抽象的结果皆为共相。在佛教的阿毗达磨思想中,"析法空"是一种共相;但是,中观的缘起性空并不是共相,应该是事物的本质规定。

人类发展的过程就是寻找同类的过程,物以类聚,人以群分。曾经踏过同一片土地,即同乡;曾经在一个教室里一起读书,便是同学;曾经在一个屋檐下一起生活,便是伴侣;曾经在一个办公室里一起工作,便是同事。

对于生命个体来说,一生都在寻找同伴,无论是身体上的还是心灵上的,因为那份孤独;对于团队来说,需要拥有一份共同的事业,有共同的彼此认同感,有合作的责任感,才能整合共同的力量;对于国家来说,需要民族的认同、文化的认同、国家的认同,都在寻找一种"同";对于宗教来说,需要共同的信仰、共同的愿望、共同的解脱目标、共同的仪式,乃至共同的声音。

但是,世间不存在完全相同的心灵,所以人类只有尊重差异,彼此学习,沟通以增加共识,交流以增加认同,才能消除更多的隔阂,才能增强合作。所以,"同"必须尊重差异,和而不同,才是真正的"同"。

《大智度论》云:"一切世界皆有三种人——下、中、上。下人著现世乐;中人求后世乐;上人求道,有慈悲心,怜愍众生。"

《大智度论》云:"乐处生人多不勇猛,不聪明,少智慧。"这句话对"官二代""富二代""星二代"乃至现代父母而言很有警醒意义。因为一切欲望满足得太容易了,于是刺激的体验、无聊的玩闹、自甘的堕落等似乎变得理所当然。在道德教化、学校教育的缺失下,建立信仰对于"二代"来说,是很重要的。

《大智度论》云:"若无边,佛不应有一切智。何以故?智慧普知,无物不尽,是名一切智。若世界无边,是有所不尽。"这是智慧与存在的悖论,若智慧无边,应知世间一切万物,如佛陀应知今天的微博;若智慧有边,则不是一切智慧。这个问题是佛陀的"十四无记"之一,即不回答的问题,被称为"佛陀的沉默"。哲学的玄辩对于解脱而言,有时是一条死胡同。

从存在的意义角度来说,当谈恋爱是为了结婚,结婚就是谈恋爱的目标;当目标实现时,意义就消失了,所以就不用再谈恋爱了!

存在就是存在自身,意义是人为设定的,意义是存在的价值。人生如果没有意义的设定，就等于没有意义，行尸走肉或许是最残酷的形容。

哲学就是对于人生系统反思之后形成的思想。哲学家必须对人生进行反思，然后系统地表达他的思想。这种思想，所以谓之反思的，是因为它以人生为对象。人生论、宇宙论、知识论都是从这个类型的思想中产生的。宇宙论的产生，是因为宇宙是人生的背景，是人生戏剧演出的舞台。知识论的出现，是因为思想本身就是知识。

哲学与宗教相同的地方，在于它们都是对宇宙人生真理的追寻。不同处在于：宗教以信仰为基础，哲学以知识为根据；宗教以解脱为目标，哲学以真理为终的；宗教常常是情感直观的，哲学则往往是理性思辨的；宗教多注重体验亲证，哲学则强调概念分析。总的来说，二者的方法和目标是不同的。

传统的中国哲学，它的功用不在于增加积极的知识（积极的知识，指关于实际的信息），而在于提高心灵的境界——达到超乎现世的境界，获得高于道德价值的价值。为学的目的就是我所说的增加积极的知识，为道的目的就是我所说的提高心灵的境界。

就理性言，宗教之本质在于道德；复次，就宗教之统观普遍生命大化流行言，道德之基础乃在于宗教，故影响必及于人生各种事业及活动。"神人一体观"，是中国伦理文化之根源。上天之光明神力贯注于人性，乃成就其内在的本然伟大，天德下贯，人德内充生故。

语言与存在是真理的两端。

语言是我们存在于这个世间的方式，而且它只能映射出世界的一小部分；世界并不只是居于其中的事物的总和，而是事物间关联的无限复杂的网络，事物只有在相互关联中才能呈现意义。所以，语言的有限性与世界的关联性，成为世界复杂性的原因——因为我们无法真正地认识这个世界，更不可能完整地将其表达出来。

通往真理的途中，铺满了语言的符号；最终，语言障碍了通往真理的道路。通往明天的路上，全是泥泞和荆棘，但是你得勇敢地跨过去。通往觉悟的山峰上，只有一条陡峭的小路，可是你必须得爬上去。在智慧的大海中，却没有一艘船，只需要你拥抱大海。放下自己，勇敢精进！

佛陀称世间为"娑婆—堪忍"，因为没有一件很容易的事。逆境如山顶的灯塔，爬起来费力，却清晰可见。逆境如经一番寒彻骨，才能得到梅花扑鼻香。经过艰难、琢磨和考验，璞玉才会有耀眼的光芒。人生的修行，一定充满无数的磨炼，磨炼自己的动心成为静心，成就不动心和平常心。

"中道"的意义有三：一、存在论的意义，从万法的有、非有、非非有等，成就一切事物存在的真实与方便；二、境界论的意义,凭借自我超越,以完全超越一切偏见的限制;三、工夫论的意义,对治一切偏见,连根拔除一切极端的边见。

"平等"的成立必须以般若智慧为前提,或者说,平等是"真理"的价值形态。平等的意义有三:一、工夫论,一切事物在般若的观照下而会通,言说差别和人生形态皆等同一味;二、存在论,世间的所有善法,皆是"真理"的流露,依此而弥贯人类精神修养,如月印百川,众生乃能共享;三、境界论,经过平等观的纯粹净化,物质、精神等差异皆是戏论,究极真际,绝一切分别语言。

四明知礼强调"即"有三种意义:一、"二物相合"之"即"。"色即空,空即色",这句话中之"即"字便透过两个东西合在一起来了解。二、"背面翻转"之"即"。如钱币的正反两面。三、"当体全是"之"即"。对于天台的"究竟即",方东美先生解释,以现实的人,提升他的精神生命,在宗教上面有了很深的修养,而终于能变成佛,这样"即"就是"就",就到那个精神的很高境界,在人格上与佛化为同体。

苦苦的坚守,唯有化为石头才有可能。

万物运行,时时走向"反",故一切存在皆在自身否定之过程中，本为有限的存在，故欲求强则终有穷尽之时，不求强则无由受挫。因此，老子强调"守柔"而"不敢为天下先"。所以，老子的境界论为"虚静"，而没有菩萨道度化众生的情怀与热情。认识到生命的有限，能坦然接受，而且能超越、提升，才是生命的真正意义。

老子喃喃道：吾人之所为者，乃是永恒地追求玄之又玄——重玄之道。孔子曰：余谓乃是创造生命——生生之德——之显扬，借人能弘道，而臻于高明峻极之境，止于至善也。佛陀沉吟道：关键存乎自悟，内证圣智，以护持一切众生、有情无情之真如法性于不坠乎。

世界上最近的距离，是生与死，生死一念间；世界上最远的距离，是两个人的心，一生都不能明白彼此的心。"天宫一号"每一个半小时就绕地球飞行一圈，航天员每九十分钟就经历一"昼夜"。时间是运动速度在心理上的反应，洞中方七日，世上已千年。诚哉！

过程是自己经历的，是留给自己去回忆的；别人只要看到结果，如花开时，赏花人只要看到花开怒放。

生活是自己过的，上帝与佛都无法代替。因为从生命来说，上帝与佛都是别人。

当佛陀触摸大地之时，他印证了自己与尘世的亲近：他就存在于此地。

什么是生活？如果你站在生活之外，就无法回答这个问题。只有站在生活内部，你才会发现，你自己就是答案本身。

僧肇三大玄旨：一、动静相待观——动静一如，变常不二；二、即有即空观——有无互涵，体同合一；三、般若上智观——知与无知，契合无间，镕成无上圣智。

所谓"通古今之变"，就是能够迁移过去成为现在，使过去的精神贯注于当前之每一瞬间；再把现在推展到未来，使未来的时代充溢着现在的历史精神，而充分表现"历史的连续性"。所谓"天人之际"，即是在人的实际生活之中，一切生命活动都要安排在世界上切实妥当的层次与结构中，然后依此层次与结构而与其他的生命活动取得联系。

缘

新年感悟：安安静静过日子，老老实实做学问；随时随地观自在，随缘随喜干事情！

你和我，在缘起缘灭之间。缘起，在茫茫人海中，我看见你；缘灭，我看见你，逐渐消失在茫茫人海中。缘分这东西不可强求。该是你的，早晚是你的；不该是你的，怎么努力也得不到。但任何时候，我们都不要绝望，不要放弃自己对真、善、美的追求。随缘，随遇，随意，随喜。

问：为什么有时候你的努力显得很无力？一般的理解是努力的方向错了，可是会不会是努力本身错了呢？答：努力是行动，行动与结果仍然是缘生法，即是各种条件的组成。古云：谋事在人，成事在天。努力是谋事，至于结果，则

"在天"。创造因缘,掌握因缘,珍惜因缘,随顺因缘!

你是一片云,从来处来,向去处去。大楼下的梅花,悄悄绽放,悄悄凋零,那香飘荡在寒夜的梦里。佛前的线香剩下最后的灰烬,轻捻着油黑的念珠,一张黄卷诉说着千年的叹息。

《大智度论》云:"虽释迦文尼佛有无量神力,能变化作佛,在十方说法、放光明、度众生,亦不能尽度一切众生,堕有边故,则无未来世佛故。然众生不尽,以是故应更有余佛。……舍卫城中九亿家,三亿家眼见佛,三亿家耳闻有佛而眼不见,三亿家不闻不见。佛在舍卫国二十五年,而此众生不闻不见,何况远者。"佛度有缘人,佛亦有无缘人,所以我们要广结善缘啊!

《大智度论》云:"摄心则无语,散心则有说。"少讲话,多读书;少惹是非,多结善缘;少攀缘,多摄心。心摄住了,一切都宁静了,包括语言。

缘起表明事物的存在都是有规律的,这种规律即是因果,即哲学上的"必然性"。佛法强调任何事物都是必然性的存在,没有偶然性。偶然性的存在有两个原因:一、必然性不充分;二、必然性太过复杂,我们的智慧不能了知这个必然性。因为无法真正了知必然,就必须相信必然性的存在,即相信因果。

世间都是关系的存在，事物不是孤立的。无论做什么，都要考虑"别人"的存在。

世间只有必然性，没有偶然性。无论做什么，都别忘了"因果"的存在。

世间都是变化的、无法控制的。无论做什么，都别忘了"改变自己"。

无论做什么，都存在必然性的因果律，所以最后的主体和承受者都是自己。所以，得到不必狂喜，困顿不必悲观，失去不必抱怨。因果律才是绝对的公平，当得到越多时，也必须比别人承受得更多；当付出更多时，也意味着离收获不远了。不怕重新再来，每个人生的低谷都是通往高峰的必经之路。

业

业力是生命的限制性,愿力是生命的超越性;心随境转是业力,境随心转是愿力。

关于"定业不可转"的矛盾,《大智度论》说:"必受报业,不可得离;或待时、待人、待处受报。"因为定业感果仍然是缘起法,依时、人、处而受报,则存在"转变"的可能。"定业"与人的自由意志,形成强大的张力。

《往生论注》卷下云:"有五种不可思议:一者众生多少不可思议,二者业力不可思议,三者龙力不可思议,四者禅定力不可思议,五者佛法力不可思议。"

轮回呈现出三种形态:一、心理状态的变化,累积同类相似的心理趋势;二、生活状态的呈现,长期的生活状态最终带来一股强大的心理趋势;三、生命形态的变化,最终的心理趋势决定了生命形态。所以,轮回是在时时刻刻。业力是轮回的原因,因为身体、语言、行为造成强大的心理趋势,我们安住于心理惯性中而不自主,故浪迹于生死轮回中。

地狱是内心极度焦虑的表现,地狱以"火"为特征,当我们内心极度焦虑不安时,便深陷地狱。一旦我们置身于地狱,愿我们仍然在地狱中保持觉醒,愿我们的慈悲心能感化地狱,愿地狱之火熄灭,愿狱卒视我们为上师,愿一切伤害停止,愿一切和平与快乐从此开始。

生活在这个世界上,我们随着世界的改变而改变,这是共业;但是,不是所有的改变都是因为世界,更多的原因在于自己,这是不共业;世界也会随着我们的改变而改变,这是愿力。所以,接受当下的世界,因为共业不可转;彻底改变当下,这是愿力;也可以完全等待下一刻的自然来临,毕竟这也是不共业。

格局的"格"代表业力,"局"是指果报,因为我们被业力所限制就会产生果报,所以"格局决定结局"。面对新的环境、新的时空,唯有放下过去的格局,积极面对,主动融入,充分发挥"愿力"的作用,才能创造新的"格局"。

定业的转变,是依下一支点的因缘:一、愿力的成就,大愿力是人生的超越性,超越业力的限制性;二、转移定业的时空,不同的共业环境为定业的改变提供可能性;三、依佛法的不可思议加持力，佛力没有障碍，才能破解定业的障碍。

当我们热衷于"明察"别人的过失与缺点时，正是业障现前时；当我们只检讨自己的过失与缺点时，正是修道时。不满人家，是苦了你自己；不满自己，是提升了自己。一切恶法，本是虚妄的，你不用太自卑；一切善法，也是虚妄的，你也不要太狂妄。

无 常

一颗聆听的心,在这样的深夜,聆听着一种孤独的声音。它避开了白昼的喧嚣,舍弃了百花齐放的热闹,冷清、无悔地绽开着。一种淡淡的幽香,清雅、自在,弥漫在四周。它在无语地说法,告诉这个世界:生命,只有一种花,只有一种香,永远没有重复,永远不可再来。

生命只是一个过程,我们的生命在过去、现在、未来三世中不断流转着,我们一切语言、行为、思想都会影响到生命的质量,所以我们不但必须对此生此世负责,还必须对自己未来的生命负责,不断反省自我,提示自我,建立自尊、自律、自觉的精神。

"术数"是自然规律的反映,但是无论什么方法都无法真正、全部地反映规律自身，因此在现实生活中，可以用"术"而不能迷信"术"，因为事物是无常变化的，所以要发挥生命的能动性。

既要接受合掌的恭敬，也要接受冷眼的相视。走过，什么都别留下。舍不得的东西是生命中最软弱的地方——舍不得虚荣，舍不得掌声，乃至舍不得一段记忆。我们总是以为自己拥有很长的时间，所以不能如实观察生命的无常；在舍不得这些东西时，最好的东西便与你擦肩而过。越是舍不得的，越要警醒，请趁早放下！

世界上唯一不变的是变化，接受各种变化是旁观者最好的心态！世界上唯一可确定的，就是它一定是不确定的。赞赏别人的努力，包容别人的缺点！一个人承载十多亿人的期望，太苦，太累。于是，这种结局只是所有人心态的呈现，不仅是刘翔，也包括所有对他有期待的人！

偶然的灵光一闪，才有一点思想；偶然的空白，也勾销了思想。我知道，思想在逃逸，根本没有可以永久保留思想的办法。我记下来的，正是从我的键盘下溜走的思想；只有把思想放在别人的脑袋里，才可能是最永久的办法。我的虚无、我的脆弱、我的遗忘，正是我所认识到的。

人的心灵世界是由情绪和思想组成的。在情绪世界中，贪恋的东西越多，就越会难以放下，因为世间的无常而生忧愁，所以佛陀教化"无常"；在思想世界中，因为不知世间的真实而生种种邪见，所以佛陀教化"诸法毕竟空"。"无常"故惜缘，珍惜而不贪恋，才能实现解脱；"毕竟空"故分享生命，分享而实现生命的成长，才能实现度生事业。

这世界上总有比我们悲惨的人，也总有比我们快乐的人。当你快乐时，想想这快乐不是永久的；当你悲惨时，想想这悲惨也不是永久的。放下自己，也放下他人，放下！世界是不可能圆满的；但是，残缺可以走向圆润。

不用抛弃这个世界，这个世界本来就不属于你，你只要抛弃一切执著；你不用拥有事物，只需能够使用它；不要停在过去，因为过去已经过去，就让它过去；不要追赶未来，因为未来永远在未来之处；不要迷恋现在，因为现在马上会成为过去。于是，似乎都没剩下，只剩下……

无 我

人的性格是人的自我的惯常性呈现，随心境和境遇而变化，但拥有统一的自我认知。自体是由人主观需要的关注、价值、意义、抱负、理想、自尊和情感依恋等因素组成的，而不是被普遍的生物学的先天驱力、幻想及心理内部冲突所控制的。"自我"并非存在于个体内部的独立的、固定的实体，而是在永恒变化的自体客体或主体间领域内关系的建构。"我"本无我，而且是无常的。

最真实的自己不一定是最美好的自己，真实的自己是一种本然，美好的自己是一种应然。人在修道时，要接受本然的自我，但是要向应然的自我努力！不能让本然成为本能，那是堕落的开始。

无我才是"真我"，有我意味着分裂，将"我"与人、社会、自然分裂成独立的存在。"我"是一种僵化的结构，阻止生命个体融入周遭的环境。无我是自我生命的根本性重组，真正、简单、直接地体现生命，如其所是，即"当下"。

众生畏果，菩萨畏因。我们一生追逐享乐，害怕痛苦，不肯接受痛苦，反而悲苦不断；菩萨欣然地接受苦难，在苦难中成就自己的解脱与净土，从而获得真正的快乐。因为，众生只肯承受自己，处处以"我"为中心，"我"在痛苦中显得非常真实；菩萨承载着众生，处处以"众生"为中心，"无我"则自然不在痛苦中。

死 亡

生命从死亡开始,倒退着走进生活,最后还是返回到原点——死亡。

死亡是生与死的隐形边界,只有死了,才能真正拥有此生。如果我死了,没有改变任何东西,世间的人和事依旧,但是那时我已经没有时间。当我们活着时,生命和身体是同义词;当我们死亡时,生命和身体是不同的存在。请爱护身体,珍惜生命!

陀思妥耶夫斯基如是说:上帝就是对死亡的恐惧所产生的疼痛。谁能战胜疼痛和恐惧,他自己就会成为上帝……我一辈子只想一件事;上帝折磨了我一辈子。

生命总是在惯性中让我们迷失了无常,我们总是误以为会永远如此——健康的体魄、快乐的生活、正常的上下班。于是，在这个惯性中，我们度过一日又一日，往前存在着。突然之间，死亡不期而至。我们没有做好任何准备，于是在恐惧与迷茫中，我们重重倒在椅子上，松开紧握的双手，这便是死亡。

无论你多么富贵，多么美丽，多么才华横溢，死都是免不了的。畏惧死，才有宗教；知道死，才会尊重生命；珍视生命，才会把握光阴；把握光阴，才能有更大的成就。

问：最近在看电视剧《心术》，那里提到了器官移植的问题。在中国，少有人愿意在去世后捐赠器官。一个人离去的同时，可以救下另一个人，其实是大善举。师父，请问这是否和中国人相信佛教，担心捐赠器官后，来生无法投胎人世有关？佛教对这个问题如何看？求解。

答：中国人没有捐赠器官的习惯，这跟中国传统中人死后灵魂不灭的观念有关，反而不是佛教的思想。依佛教的思想，应该是鼓励器官捐赠的。但是，其中有一个要点：愿力能否忍受手术的痛苦，因为人真正死亡应该比脑死亡还稍久。从技术上说，加强宣传教育，规范手术操作，应该可以。

问：是否可以理解为器官捐赠不影响来世为人呢？

答：来世的生命形态取决于自己的生命力量——业力。器官捐赠涉及观念问题，首要是救人的愿力，其次是技术方法问题，如何能让人，即使是色身也有最大的意义。

苦

苦，生命存在的不完美呈现，生命里面最本质的都是不完美的，没有什么是完美的。本然的生命痛苦，应然的修道理想，必然的智慧人生，当然的生命境界。

什么是苦？苦就是存在自身受到他者的障碍。因为事物的存在是由各种条件组成的，反过来，便受到各种条件的障碍，所以所有的存在都是不自由的。这种不自由即是痛苦，故存在即痛苦。

佛陀说"诸受皆苦"，生命不可能没有痛苦。痛苦是真实的、无法逃避的，所以要平静地接受痛苦，不再与痛苦对抗。创伤与痛苦会使每一个生命变得更充实、更加柔软。可以想象，一个从来没有跌倒、没有受过创伤的人，是很容易变得高傲和不能容忍别人的。

人生的遭遇、世俗的毁誉都是无法计较的，祸与福都是在相对的转换中。世间的许多"法",都是我们人为规定的框框,真正的"法"应该在我们的内心世界里。所以,其实世界都是在我们的心里,无论是痛苦还是快乐,都是我们的心变幻出来的。

快乐是短暂的,而痛苦却是永久的。我们丰富地过一生,不是因为有太大的享乐,而是由于我们有许多的苦难。而这些苦难,在我们的挣扎下,都过去了,而且从记忆中升华,成为一种美丽的"彻悟"。

我问佛:"为什么一件好事要经过那么多磨难与挫折?"佛说:"因为它是好事。"我问佛:"为什么好事不能尽快地做好?"佛笑了,说:"孩子,那样的话,就不是好事了。"

我问佛:"既然我是你的孩子,是否你应该给我更多的照顾?"佛微笑地看着我:"谁又不是我的孩子?"我一愣,心里明白了,哦!佛陀用很慈祥的眼光看着我,说:"孩子!正因你是我的孩子,照顾好自己吧!"

逆向思维的价值。老子曰:"反者,道之动。"佛曰:"一切皆苦。"俗语曰:"失败乃成功之母。"只有明白了人生为什么会有痛苦,才能懂得如何获得幸福。

古代有一只蜗牛,它的触角上各有一个小国,左边叫触氏国,右边叫蛮氏国。两个国家因为争夺地盘而经常发生战争,有时竟伏尸百万,血流成河,造成民不聊生,怨声载道,蜗牛因此而丧失了触觉功能。蜗角之争的意义不在于斗争的结果,而在于斗争的心。

名利是一种煎熬。名利如果不是追逐而来,便是功德感应自然而来,这本非坏事,亦是弘法度世的方便。即使是感应而来,亦应小心,不能被其束缚。

烦恼篇

图：福建太姥山石径

烦　恼

人类最大的烦恼根源是线性思维，总是追寻"第一因"，因此生起无穷的烦恼邪见。世间都是互为因缘的，如是如是，哪来"第一因"！所以，佛陀特别说"无始"，让我们放下对有始的"第一因"的执著，顾念自己与众生都是无始以来受大苦恼而生悲心，生命无始以来相续不断，从而了知罪福因缘果报。真正的"无始"，即是当下，当下即无始。

没有人能给你痛苦，没有人能给你烦恼，也没有人能给你是非。痛苦是生命的本质，有痛苦，是因为我们不接受；烦恼是凡夫的心理，有烦恼，是因为我们放不下；是非是世间的现象，有是非，是因为我们福报不够。

孤 独

苦是人生的本质,孤独是人生的形态。信仰是孤独的,但是有信仰的生活是丰富的。

孤独是一种隐退,不必看见自己,也不必被他人看见。孤独是存在的隐退,寂寞是内心的孤单。

人本质上是充满欲望的,且欲壑难填;当人试图摆脱这种与生俱来的欲望时,就必然要面对孤独。隐士就是一种承受孤独的方式:在孤独中寻找内心的宁静,寻找真我,寻找原初。

隐者离群索居、遁迹山林,也是生命的一种追求。无论多忙,无论多漂泊,总有一种隐居山林的理想,这是向内回归,孤独可以让我们远离社会压力,而投入大自然的怀抱。我们本来就是大自然的一部分,应该让大自然来塑造我们的人格。

旅行是在不同的时空中发现不同的自己。实际上，在一个人的生命时空里面，每一个时空中都有一个"我"的存在，在不同的时空中有一个不同的"我"。

如果有人能伤害我们，只因我们自己不够强大！真正的强大，是没有那个"自己"！只要是写下，必然是有意；只要是声音，一定要倾听。无法放下，只因宿劫的梦想；无法回头，只因那是一条不归路。就这样，执著下去；就这样，走下去，不必回头。来者自来，去者自去。

一个人可能会孤单，但不一定会孤独；两个人可能不会孤单，但是不一定会不孤独。有个女孩回答说，宁愿高傲地孤独，不要委屈地不孤单。世间的爱情是永恒的，两个生命在那一刹那融合为一，实现了意义上的永恒；但不是永久的，毕竟是孤独的生命个体，总有离开的一天。如果爱了，就珍惜吧！如果分手了，就放下所有的爱和恨，学会祝福对方吧！

有佛菩萨在，永不孤独；有大家在，永不孤单；有你在，世界才是真的存在！

想想2011年7月23日的温州动车事故、2012年7月21日北京的暴雨灾害中逝去的生命。活着就是一种幸福，就是一种圆满，这时唯有珍惜与感恩生命，珍惜生命中的种种因缘；但是，残缺与痛苦也是生命的本质，总有那么一种痛在心中拂之难去，是因为没有放下过去的"我"，放下吧，随顺因缘！

修道篇

图：禅七解七牌

爱

自然的第一法则是生存竞争，每个生物都想战胜他者、毁掉他者，但也反过来会被他者毁灭。只有爱和慈悲，才能阻止世界的毁灭。

至善者恒真恒美，至真者恒美恒善，至美者恒真恒善。极致的真、善、美是相通的，哲学、宗教、艺术三者在究竟上是统一的。所以，只要在一个领域有所成就，就能间接在另外两个领域有所成就。

爱需要以智慧为前导。缺乏必要的智慧，盲目的爱会导致目标偏差和自我破坏，不但对所爱没有裨益，反而常常伤害了对方。

爱和恨具有传染性。爱生爱，恨生恨。真正的爱就是自由，没有任何强迫或虚假的诱因。自由就是一个人能够做他所喜爱的事情。

当人们嘲笑为人民服务、团结友爱、博爱慈悲时，他已经习惯于满足自己想出来的无数需要，而从未想过别人的需要。但是，这样的人生又能走向何处？他既已孤身独处，人类的整体与他又有什么相干。人之所以孤独，是因为他只想到自己。只要能想想别人，永远都不会孤独。

如果没有宗教信仰所追求的"广度众生""爱一切人"，那么一切人反对一切人和自杀式的相互残杀，就会成为人类的宿命。

建设"人间净土"，就是保证契约社会的真正自由，防止契约转变成强迫关系，实现彼此关爱，实现自己的目标中总包含对他人的关爱和福祉。

只有自己内心充满欢乐，才能给别人的生命以欢乐。一个不爱自己的人，既不会是一个可爱的人，也不能真正爱别人。许多人心中常怀怨恨，即使在行善中，怨恨仍然在善行中显露出来，这是自毁功德！

凡夫的爱是我所爱，凡是对象都是我的；慈悲的爱，凡是我的都是大家的。慈即怜爱众生，给予众生欢乐；悲即怜悯众生，拔除众生的苦难。我们的悲心都是触缘而生，属于"众生缘慈悲"和"法缘慈悲"。无缘大慈，同体大悲。"无缘"即无条件，无要求，绝对自在；"同体"即无时间的限制，无空间的阻碍，普及一切众生。悲智双运，能够保持自身的清净无住与自在神通。

原来，只要付出，一切都会有收获，无论你付出得多么早，还是多么晚。原来，没有什么可以真正死去，除了一颗冷酷的心。

机会并不是等待来的，而是需我们自己创造机会，掌握机会，珍惜机会，最后才随顺机会。

布　施

真正的布施功德不是来自受施者的回报,而是在布施的那一刹那,我们的内心充满着欢喜,以至于很长一段时间内我们仍然享受着这份欢喜,这是最大的回报,也是布施最大的功德。

《维摩诘经》云:"若施主等心施一最下乞人,犹如如来福田之相无所分别,等于大悲,不求果报,是则名曰具足法施。"布施供养的原则:不自恼,不恼他。好的布施者是以信心、恭敬之心,在不伤害他人的前提下,自己亲自在适当的时机而行布施。修习布施的根本目的在于,通过布施,把你的烦恼、忧虑、分别和执著心通通放下。所以,如果我们一边布施,一边生起另一种执著心,就会离布施越来越远。

《维摩诘经》云:"智度菩萨母,方便以为父,一切众导师，无不由是生。法喜以为妻，慈悲心为女，善心诚实男，毕竟空寂舍。弟子众尘劳，随意之所转，道品善知识，由是成正觉。"一盏灯最大的意义，不是照亮黑暗的空间，而是点亮别的灯。所谓"暗室一灯，能破千年暗"，灯灯相续，才能永远带来光明。呵护自己的心灯，照亮内心的黑暗，点燃别人的心灯；分享自己的生命，增加生命的长度。

《维摩诘经》云："云何慰喻有疾菩萨？"维摩诘答曰："说身无常，不说厌离于身；说身有苦，不说乐于涅槃；说身无我，而说教导众生；说身空寂，不说毕竟寂灭；说悔先罪，而不说入于过去；以己之疾，愍于彼疾；当识宿世无数劫苦，当念饶益一切众生；忆所修福，念于净命，勿生忧恼，常起精进；当作医王，疗治众病。"古人常说："钱财是身外之物。"透彻一点说，没有一件东西可以永远与我们为伴。再亲爱的人，再多的财物，也终有与之离别聚散的时候，所以有钱时不必得意，没钱时也不必悲哀。最平常的人最富有，施比受更有福，真正的快乐是施舍出去后的那份清净、安慰与喜悦。

《维摩诘经》云："若菩萨欲得净土，当净其心；随其心净，则佛土净。"不洗澡，硬擦香水，是不会香的。名声与尊贵，是功德的感应，布施才能获得善缘的名声，智慧才是真正的尊贵。有德自然香，有感才有应。其实，即使没有香水，洗澡后的通透和舒适，也是人生的快乐；即使没有名声，修道解脱的快乐，也是一种功德的感应。不要因为香水而洗澡，不要因为名声而修道。

关于此土修行的殊胜，《维摩诘经》云："此娑婆世界有十事善法，诸余净土之所无有。何等为十？以布施摄贫穷，以净戒摄毁禁，以忍辱摄嗔恚，以精进摄懈怠，以禅定摄乱意，以智慧摄愚痴，说除难法度八难者，以大乘法度乐小乘者，以诸善根济无德者，常以四摄成就众生，是为十。"

精 进

突然想起，2011年5月，我一个人在曼谷街头的"星巴克"喝咖啡，居然在店外的太阳伞下睡着了。记得小时候，因为没带雨伞，经常在风雨中奔跑。其实，人生大多数时候都没有伞，只能靠跑得快点，才能到达终点，才能安全一点！

依量子理论，物质可以同时处于多个可能状态的叠加态，当被观测或测量时，会随机地呈现出某种确定的状态。人的"观测"是不确定的量子世界和确定的现实之间转化的关键。个人的奋斗因此存在积极的意义，如果一个人是处在"成功"和"失败"的叠加态上，那么个人奋斗会使他朝着成功概率较大的状态演化。

《大智度论》云："懈怠之人，初虽小乐，后则大苦。"诗云:"少壮不努力,老大徒伤悲。"任何人生都是付出代价的人生,只有努力与坚持,才会成就自己。释迦佛与弥勒佛同时修道,因精进而比弥勒早成佛九劫;利根阿罗汉的成就需要三劫,利根辟支佛的成就需要四劫。

善良和慈悲,不是柔弱,而是更大的坚强。真正的修道者,要既强又柔,强是柔中带刚,刚中带柔;柔能调服众生,刚能坚强自己的意志;用宽大的心胸来容纳别人,用坚强的意志来建构和坚持自己的人生观。所以,拥有坚强的慈悲、慈忍的善良,才会散发出"透彻的爱"的光芒。

报　恩

　　2012年第一场大雪。看着路上曲曲折折的脚印，脑海中浮现自己七岁那年，因为脚掌生冻疮，母亲背着我去山顶的军队医院的情景。鹅毛大雪扑面而来，妈妈用木棍探地，害怕双脚踩空；瘦瘦的身躯，无限的母爱，支撑着两个身体一步一步地爬到山顶。这段儿童时代的经历化成一幅永远难忘的图景，留在心灵的深处，脚掌上的伤疤也成为永恒的见证。母恩重如山！

反 思

冯友兰先生强调人生有四重境界：自然境界、功利境界、道德境界、天地境界。道德境界有道德价值，天地境界有超道德价值。但是，我想：人立足于天地之间，必须内心超越，行为淑世，而不以怪诞乱世。济公式的神迹表达，其中有诡异之处。

哲学只思考问题，不解决问题；宗教不仅要思考问题，还要解决问题。哲学家的思考只解决了自己的困惑，而不管别人是否依然困惑；宗教家不仅要解决自己的困惑，还要解决别人的困惑。哲学的思考是发展的；宗教的思考是不发展的，不断回到原初的觉悟。

宗教的传播要有高度的学问修养、智慧和心灵状态，才能产生密切的心灵接触。

遭遇困扰和不幸时，不要把原因推到别人身上，而不反省自己。真正面对现实，就拿出自己的力量来，适应环境，渡过难关。只有当我们每个人都能承担自己的责任，社会才更有希望；也唯有能挺身负责、承担苦难和错误的人，才有力量改善社会。不要夸大我们遭遇的困难，不要低估生命的力量！

看破别人的愚蠢与丑陋，并不是要学会愚蠢与丑陋，而是让我们自己少受一点伤害，能更好地存好心，做好事。

好心是一念善心，好事是自他依存的事物。所以，好心要办成好事，必须拥有智慧。深入观察自他缘起的种种关系，才能呈现出最好的效果。好事是难以控制的，好心是自由自发的。存好心是最重要的，做好事则要慎重一点，因为必须经过智慧的反思。

成长的三大要素：第一，学习、行动，把简单的事情不断重复地做下来；第二，学会独自品尝孤独、寂寞与打击；第三，能够抵挡得住诱惑，我们身边的机会往往不是太少，而恰恰是太多，很多的人，把诱惑当成机会。

如果没有反思，所有的经历都是白白地浪费；只有经过反思，所有的经历才能转变成经验和智慧。圣人是反求诸己，把自己的生命呈现出来，成为一个高尚的、活的榜样，让别人感受，让别人欣赏，让别人赞叹。然后在无形中受他精神的感召，也照他的活榜样去取法。

生活就像一本书，过日子就如每天掀开一页纸，每天所遇到的人事和烦恼，就如这页纸上的一句名言、一个警句。所以，必须对人生进行"深度阅读"，反思这页纸上的名言和警句，于是人生才获得一种最好的教育，才获得"再充电"的过程。当烦恼转成智慧时，烦恼便获得永恒的意义。

在冷瑟的冬季，窗外北风凛冽，阳光透过窗户，带来一屋的温暖。我听着忧伤的马头琴曲，喝着热热的老茶。如是冷，如是热，这样的季节，这样的曲调，这样的心情……

接 受

世界的本质是痛苦的,承认和接受痛苦,是解决痛苦的开始。而造成痛苦最大的原因是无常和无我,既然无常,那么就不用着急去解决眼前的痛苦,而要逐渐学会忍受眼前的痛苦,于是痛苦的感受便会转化成另一种场景,那可能是现实世界的本来面目;既然是无我,所以完全敞开对痛苦的怀抱,无法逃避和抗拒,只能拥抱和接受,痛苦就是世界的本来面目。

《大智度论》云:"因缘大故,果报亦大。"孟子曰:"故天将降大任于是人也,必先苦其心志,劳其筋骨,饿其体肤,空乏其身,行拂乱其所为,所以动心忍性,曾益其所不能……然后知生于忧患,而死于安乐也。"所以,眼前的困苦是命运对我们最好的考验,不妨全然地接受,当下的就是最好的，即使是最困难的当下。

记住该记住的，忘记该忘记的，改变能改变的，接受不能改变的。

接受自己，包括容忍自己的缺陷。

当我们面对失败时，不必想到我将"失去"这些东西，其实，有些东西是我们本来应该"丢弃"的。

全然地接受当下，真正地享受眼前，无怨地忍受过去，无忧地面对未来！

有些事不可避免，有些事无力改变，有些事无法预测。抱怨无用，明智的人会一笑置之，生活中不如意之事常常发生。我们无法保证事事顺心，但能够做到坦然面对，该放则放。培养对生活美好的感觉，保持浪漫与感恩的心态，以新鲜感看生活，将意外视为礼物，别怕进入陌生的情境，相信自己：你能让生活充满美好。

问：老师，想请教您一个问题，如果跟朋友闹矛盾，如果朋友真的很离谱，我都是要忍，对吗？有时我一次一次不跟她计较，她就更加不当回事，有时候我觉得自己好懦弱。

答：忍的本意是认可，认可才接受，叫忍；如果不认可，就不接受，不存在忍。

问：那我接受不了就是我气量不够大。

答：哈哈！不要苛求自己，对自己和别人都要有"度"，气量也是有"度"的。无限大等于没有。包括接受不完美的自己,适当地拒绝是对的。

不可能任何人都喜欢你,也不可能任何人都讨厌你;不可能任何人都赞叹你,也不可能任何人都诽谤你。你自己不动心就行了!

天下只有三种事:我的事、他的事、老天的事。抱怨自己的人,应该试着去学习接纳自己;抱怨他人的人,应该试着把抱怨转成请求;抱怨老天的人,请试着用祈祷的方式来表达你的愿望。抱怨是最消耗能量的无益举动,请全然地接纳当下,不抱怨!

生命中的任何磨难与麻烦,都是对自己的考验与修炼,要全然地、愉快地接受。来了,就来了;去了,就去了。完美就是接纳生命的全部或者说让生命是其所是。

在生活中,要不断地接纳当前的困境,接受自己的情绪,不断地改变自己的格局。持续地觉察,完全地呈现,学会与自己相处,观察它,感受它。在与他人的相处中,总会有依恋的感情,但要尽量提醒自己不是为了满足自己的需要,不是为了释放自己的焦虑,才能达到彼此的尊重与融合。

修行如清扫花园里的落叶,一种方法是不断打扫落叶,但是你最终会发现落叶仍然很多；另外一种方法是建造一个大而又大的花园，能够容纳越来越多的落叶，直到能够包容我们生活中所发生的任何事情。当花园扩大到能够容纳整个世界的时候，那就是我们能够真正做到接纳和回应生活中每个当下的时候；我们会发现，每片树叶都落在了它应该在的地方。

到处都是正能量，仿佛每个人都是正能量的代表。在现实生活中，正能量一定与负能量一样多。负能量也是我们的一部分，无法逃避和反抗，只能面对和接受；正能量是我们的期待和希望，拥抱它，不要执著于它。无论是正能量还是负能量，它永远都在它的地方，不偏不倚，根本无所谓正负。

人是有限、脆弱的存在，会生病，会慢慢老去，也总有一天会死去。学会接受这种自然规律，学会与有限的存在相处，心与存在合一，不去抗拒，观照它的来临与离去，不悲不喜。

世间给你多少掌声，就会给你多少骂声；给你多少鲜花，就意味着有多少牛粪等着你。所以，千万不能只生活在掌声和鲜花中，想想后面的骂声和牛粪，就会淡然许多。当骂声和牛粪来时，你也会平静地接受。全然地接受世间一切，因为作用力与反作用力是世间真实的力量。

每一次创伤和困境，都是生命成熟的机会；接受自己对生命的困惑，困惑是开悟的机会；包容生命中的异见，不用试图去改变它，而是学会忍受和包容。当我们不知道自己的困惑，不接受自己的创伤和困境，不去包容异己，总想着改变别人时，那是最可怜的。

惜　缘

没有人会无意闯进我们的生命，都是一种缘，所以要惜缘；没有事会突然、偶然地发生，都是一种因缘，所以要相信因果，接受因果。缘来缘去，事生事灭，又如何呢？云在青天水在瓶。

你现在正在享受的、正在体会的，才是你真正拥有的。你名义下的财富乃至感情再多，地位再高，如果不能真实体会和品味，也等同于没有。所以，珍惜遇到的每一个善缘，真实地体会她：一缕清风、一个微笑、一只飞过眼前的小鸟、一间整洁的旅馆的房间、一丝若有若无的花香。

笑的哲学家：广博的知识，丰富的才情，又充满了历史智慧，凡事都看得透、看得开，所以待人办事，随顺和平而又笑口常开。

《大智度论》说:"笑有种种:有人见妓乐事而笑;有人内怀嗔恚而笑;有人骄慢故笑;有人轻物故笑;有人事办欢喜故笑;有人见不应作而作故笑;有人怀诈扬善故笑;有人见希有事故笑。"无论有多少种笑,真诚的笑最好!请大家真诚地笑!

理　想

　　生命像精致的玻璃杯，常经不起天灾人祸的撞击，粉碎成一地的璀璨，每一片都是透明的心。

　　拥有一个理想，积累实现理想的福德，同时也要学会等待因缘的成熟。理想的实现，必须具体化为个人的梦想，将个人的生命投入人类生命；通过阶段性目标，一步一个脚印地去实现个人梦想。实现目标，则需要规划、行动。理想是远方的灯塔，梦想是一生的火炬，目标是不远处的路灯。所以，一切都从当下的行动开始！

　　净土没有尘世的痛苦。只要你拥有了生命，这一生一世你就仍然是凡夫，仍必须在尘世间流浪，但是当你心中有了净土，你的人生便充满了希望。

史蒂夫·乔布斯说："你不可能充满预见地将生命的片段串联起来，只有在回顾的时候才会发现这些点点滴滴的联系。所以你必须坚信，你的经历与未来的某一天连在一起。"

宗密撰《圆觉经大疏释义钞》卷第五之上云："广起大愿，发修万行，行愿相资，如车二轮，如鸟二翼，翔空致远，必假相资。"

唐代不空译《普贤菩萨行愿赞》："所有共我同行者，共彼常得咸聚会，于身口业及意业，同一行愿而修习。"

唐代裴休述《普劝僧俗发菩提心文》："普告大众：若僧若俗，有能同发阿耨多罗三藐三菩提心者，我愿生生常为道俗，同宗同趣，同愿同求，同运大悲，同修大智，递相辅助，直至菩提。"

法显西行求法时，已是超过六十岁高龄。茫茫沙漠"上无飞鸟，下无走兽"，"望人骨以标行路"。人类最勇敢的脚步，往往毫无路标可寻；人类最悲壮的跋涉，则以白骨为路标。当我们想到这种生命的强度，我们又何必感叹年龄，感慨挫折，感伤失败。唯有理想，唯有信仰，才是真正的感动！

无论什么时候，都要给生命多一个创造的机会。同样的梦想，不一样的专注、坚持、行动，会有不同的未来。梦想是生命的自我期待，信念是生命的自我坚持，目标是梦想的次第预设，计划是目标的实现步骤，行动是目标的实现过程。

整个过程都必须在梦想的激励下，不断地坚持自己的道路，不断地坚信自己的选择。

理想是自己对生命乃至宇宙的期待，梦想是对自己生活的期待，目标是对自己一段生活的期待，层次有区别。我们生活在一个没有理想的时代，随处可见各种"梦想秀"，只希望别人成就自己的梦想，从未想过自己为别人的生命做一些事情。希望用自己的生命点燃别人的理想！

理想是超越的追求，欲望是本能的追求；理想是永恒的满足，欲望是匮乏性的一时满足。

各随自缘，各满自愿，各行自行。我们的通病——有理想没动力，有目标没计划，有计划没行动；当然，还有更可怕的通病——根本没有理想！

目标的设定很重要，一个无限圆满的目标，是人生永远的驱动力。永恒的目标，才有究竟的意义。很多时候，我们没有去设定生命的意义。没意义的人生，是没有目标的人生。我们总是在不断地设定一些目标，当目标实现了，发现生活又没意义了。所以，生命必须有终极意义的设定，然后才是目标。

普贤十大行愿：一者礼敬诸佛，二者称赞如来，三者广修供养，四者忏悔业障，五者随喜功德，六者请转法轮，七者请佛住世，八者常随佛学，九者恒顺众生，十者普皆回向。

欲望与愿力的差别：一、欲望是本能，愿力是现实的超越；二、欲望只聚焦于自己，愿力是自他依存关系的表达；三、欲望实现时便是意义消失的时候，而愿力实现时能再创造新的意义；四、欲望的生起与实现，都是不自由的，而愿力的实现是一种自由。

凡夫的愿力都带有一定的执著，所以形成"主义"也是正常的。但是，执著毕竟不同于欲望，执著是凡夫心理活动的主要特征。

正因为惰性是本能，欲望也是一种惰性，一种甘于沉沦的惰性。而愿力便是克服一切向下的根本驱动力。理想、道德、智慧等人生向上的追寻，都是愿力的体现。

黑夜中，我们都只有一盏灯。幼年时，那叫憧憬；青年时，那叫理想；壮年时，我们觉得自己能够照亮所有的黑暗；老年时，我们似乎什么都没有，却拥有足够的时间，难道这宝贵的时间只能用来后悔吗？所以，在我们的灯还亮时，多去点亮别人的灯；这样，无论多老，我们的生命之灯都永远亮着。

当 下

当下,即对过去无悔,对现在无怨,对未来无忧。

理解你的过去,才能放下;相信你的未来,才有希望;包容你的现在,才能安住。

走过的,便是永远,生命中曾经拥有过的一切,只能成为记忆;曾经有过的感受,也许永远也不会再现,因为生命永远属于当下。

去了,来了,一切如是;走了,回了,亦如是;笑了,哭了,依然如是。信了,不信了,佛亦常在;学了,不学了,法界常在。缘聚,缘散,缘常在。

不知道永远是多远,但是永远一定是从当下开始的;不知道无限大是多大,但是无限大和无限小的本质是一样的;不知道我能活多久,但是当下我还活着。明天,是因为今天的存在;未来,是现在的延伸;来世,是现世生命的丰富。轮回,是生命给予我们的一次机会。感恩轮回!

一生都是自己生命力量的呈现,多少痛苦都要自己去承担,又何必去回忆那些痛苦?愿意把快乐分享给别人,让别人的生命多一分快乐的源泉。所有的采访,总是假设了无数的问题,其实所有的问题都是自己生命的问题,无法假设,也无法重复。过去的就让它过去吧,安住于现在,积极地去面对未来。不要期待没有问题,生命就是为解决各种问题而来。

听;
听最小的声音,听远方的呼唤,却听不到无;
听最大的声音,听宇宙的运动心律,却听不见无限;
听心想要听的,哪怕是耳朵永远听不到的声音。

人不要跟别人比,但要跟自己的过去比;人不要按照自己的标准去看待别人,而要回到别人的立场,分析比较别人的过去与现在。生命是没有标准的,所有的标签都是人为的施设,放下标准和标签,回到人和生命自身。

回忆是人在心理上的自我补偿,是通过过去来证明当下的方法。所以,回忆的力量来自遗忘,遗忘是最好的回忆,只有遗忘才能真正存在那儿。即使偶然回忆了,也会发现我已经不在那儿,而这将是今生可以用来怀念的东西。只要活着,什么都不曾失去,乃至过去。

　　人的一辈子只做了三件事:自欺、欺人、被人欺。尤其是自欺,心欺骗了我们一辈子。所以,一定要明心,学会以平常心来生活,以惭愧心来待人,以平等心来处事,以菩提心契入佛道。

正　念

　　"正念"是用心生活的方式，是一种有意识而不加评判地观察、描述以及参与当下现实的体验过程。

　　"正念"是"模式化体验输入"之间的关系形态。它是一种瞬间建构，也会发生和消退，但是可以借助经常练习，来使这种建构变成习惯。"正念"之瞬间会自发地发生，但通常是暂时性的。已经稳固确立的"正念"，不是只出现在当下瞬间，而是出现在一系列的瞬间。

信 仰

佛教信仰的三大特质：一、自内证性，佛陀强调"自依止，法依止，莫异依止"，依"皆有佛性"，成就自性三宝；二、包容性，通过"判教"的方法包容其他宗教、哲学；三、圆融性，思想上主张"世出世不二"，行动上强调"以出世心做入世事业"，圆融于世间。

当智慧无法了知时，信仰才成为唯一的途径。相信有行为的因果报应，才会约束自己；相信有前生和来世，才会有希望；相信有真理，才不敢戏论胡说；相信有圣人，才会愿意提升自己的生命。

作为佛弟子，要让所有的生活体现信仰，不要让信仰代替你的所有生活。

信仰是生命的梦想，既是一种信念，也是一种目标。在信仰的道路上，宗教为其预设了目标与道路，同时也提供了行动的动力。

信仰的幸福在于拥有一个梦想，既有智慧与觉悟的观照，又有慈悲与利他的情怀；既有佛菩萨圣者的心灵陪伴，又有教授、同行等善知识的爱护；既有清晰的目标，又有信念的支撑。拥有信仰，不仅是一种成功，更是一种幸福！

信仰与金钱之间是不等价的，因为心是任何金钱都买不到的。所以，信仰的功利性表现在：一、等价的交换，以为花出多少钱，便有多大的收获；二、贪小便宜，凡事贵在心，想不花任何代价，比如金钱，就会有很大的收获。所以，要舍弃功利心，拥有一份纯洁而且圆满的信仰：理事兼顾，情理并通。

《大智度论》："信心大故，不疑、不悔；信力大故，能持、能受。"有信心就有力量！

我们的心力、愿力不可思议，经咒力不可思议，我们的心透过诸佛菩萨的愿力，而到达所回向的生者、逝者、受灾者，一定会有不可思议的感应！同愿同行！

观世音菩萨的精神主要是大悲心和寻声救苦。所以，我们要拥有大悲心的倾听和寻声救苦的同理心。千江有水千江月，倾听提供给当事者表达问题、整理感情和思考的机会，要专心、真诚地聆听对方的心声，倾听表达的内容乃至领会肢体语言，适当给予回应。同时，设身处地为他人着想，用适当的语言表达出来，尽可能地帮助他人。

"To be human is to be divine!" 这句话有二义：做人就要成为神明，要成为神明先要做人。做人的时候要有成为神明的理想。我们是人，总有黑暗；也因为我们是人，要看到黑暗中的光明。光明是理想和方向，现实则是光明与黑暗的纠缠。千万别在偶尔的黑暗中迷失了自己，坚信光明的自性和未来。

物质的庄严是人心的潮流与虚荣心在作祟。和平年代，金银玉石是宝；而战乱时期，米粮衣布是宝。修道人要以功德和大誓愿为内心的庄严，因为内心的强大而成就能力的强大，则心净国土净。

智　慧

老子强调自然规律的转化，如"祸兮福之所倚，福兮祸之所伏""少则得，多则惑""飘风不终朝，骤雨不终日""天下之至柔，驰骋天下之至坚""物或损之而益，或益之而损"。"知常曰明"，了解规律便是聪明。聪明是让自己快乐，但是光让自己快乐是不够的，必须也要让别人快乐，这叫慈悲。慈悲是老子所缺乏的。有时聪明而不智慧会导致明哲保身，乃至圆滑。

对于佛弟子来说，现实处世要秉持智慧第一，即先依规律行事，然后依慈悲法则行事，而体现佛性的光辉。老子说："不知常，妄作，凶"；"圣人后其身而身先，外其身而身存。非以其无私邪？故能成其私"；"不自见，故明。不自是，故彰。不自伐，故有功。不自矜，故长。夫唯不争，故天下莫能与之争"。谨慎地活着的人，必须柔弱、谦虚、知足。但是，菩萨处世，在利他方面，必须热情、奉献、慈悲。

我们到底能给别人什么？物质的果报有量，因为终有用尽的时候；只有精神和心灵才是无量的，那是生生世世的财富。给予别人物质时，财物逐渐减少；而智慧却会因分享与布施，而更加增益。物质能解决生存与生活的一些需要，而生活与生命最终的最大需要则是心灵。

衡量人生进步有三个标准：生活比以前快乐，心胸比以前开阔，顺缘越来越具足。

智慧来源于反思。一个有反思精神的人是一个有智慧的人，因为他会不断地反省自己的生命，反思自己的生活，乃至于反思人类的存在。

开放智慧的知识立场：一、人不能有完全的建构，必须就已建构者反省；二、知识世界领域甚多，人所能参与建构的往往只是其中的一个小领域，人必须自知其限制，自虚其心，容纳别人；三、消解自身之障蔽，去执去成见，才是智慧的立场。

智慧的来源：一、依定生慧，在定心中，心更为专注、清明、绵密，其反思力则更强；二、依佛法义理反思人生，经一事，长一智，智慧是通过生活中的人与事，在反思中逐渐成长。所以，保持定心，反思生活，则自然会有智慧。

聪明的人不一定具有智慧，贪婪诡诈也是聪明，但智慧一定包括聪明。聪明的人追求"得"，智慧的人"舍"而后得；聪明的人不能"舍"故就有"失"，失去了心灵的安宁；智慧的人能"舍"故能"得"，得到心灵的快乐。有些东西该得都会得到，关键什么是最好的"得"。

生命的节奏如音乐，有时可能会走音。走音需要调音师的协助，调音师可以是他人，也可以是自己。但是，最好的调音师是自己。自依止，法依止，莫异依止。

金钱是生存的基础，但不能在根本上改善人生，更不能究竟解决人生烦恼。慈善如果只是简单地以财富扶贫济困，虽能帮助他们解决一时之急，但钱再多也有用完的时候。有时，钱多了甚至会使人堕落，或滋长受施者的依赖性。所以，必须给予人智慧，使有情的生命品质得到彻底改善，并使未来生命不断得益。

一般人常言：要争这一口气。其实真正有功夫的人，是把这口气咽下去。忍辱第一力，是用智慧和理想超越眼前的障碍！

学 佛

中国人的理想生命：做人要学会道家的无为自然，处世要遵守儒家的伦理纲常，生命要拥有佛家的超脱与热情。

学佛的任务是重新发现佛陀，重新认识佛陀，重新回归佛陀，从而直接学习佛陀，真正走上佛陀指引的菩提之路。

佛陀的伟大之处就在于他发现了宇宙人生的真理而且能遵循这个真理，佛陀有老相、病相，但不以老、病为苦，这是最伟大的地方。我们今天的人的烦恼在哪里？我们制定了无数的制度，而破坏这些制度的，往往都是制度的制定者。而且，我们常以老、病为苦，不能真正地体悟人生的无常、无我。

福德是德感召的"福"，如"一佛出世，千佛护持"。佛陀的伟大不仅在于他的智慧与慈悲，而且在于他具有教化众生的福德,更在于他能感召无数的圣贤追随他去教化众生。所以,一个人的福德是获得一个支持系统,能够得到别人的帮助;而别人在帮助你的过程中,也获得成长与成熟,这就是"同愿同行"。

伟大的佛陀——人间的导师,生命觉悟的榜样,心灵安顿的归依处,真理传承的源头,僧团制度的创立者。愿正法久住世间,众生心灵获清凉。

佛陀虽然走了,但他仍然留下生命的觉悟证据——舍利,让我们借着瞻礼的因缘去追崇佛陀的慈悲愿行,进而效法学习,帮助我们启迪智慧。

舍利是佛陀智慧和觉悟的象征。见佛舍利,如见佛陀真身,其功德无量。虔诚礼拜佛舍利,可表达对佛陀不舍众生、示现法身的崇敬,从而滋养众生心中谦虚与恭敬的种子。同时,舍利也是众生信仰的凝聚,观瞻舍利,即如佛在心,生起大愿力,故能克服人生种种障碍。

关于礼佛的意义,《大智度论》云:"人身中第一贵者头,五情所著而最在上故;足第一贱,履不净处,最在下故。是故以所贵礼所贱,贵重供养故。"所以,顶礼佛足表示身心上的绝对皈依。礼佛的功德有三:一、降伏我慢;二、生欢喜心,见佛相好而生欢喜、渴仰之心;三、生虔诚心。

佛教徒在归依三宝以后，由暴躁变为温柔，懦弱变为强毅，疏懒变为勤劳，奢侈变为俭朴，欺诈变为信实，怪僻变为和易，在家庭中更体贴别人，更能尽在家庭中应尽的责任。家庭因此而更和谐，更有伦常的幸福，大家会从他的身心净化中，直觉到佛法的好处，自然地向信佛者看齐，同到三宝的光明中来。

学佛贵在净化自己的身心，去实践自己的信仰，学习佛陀的伟大精神与人格。不必一定要在家中设立佛堂，也不必一定要做冗长的早晚课诵；不必到处去寺院赶法会，忽略家庭应尽的责任；不必超出自己家庭经济的负担，而去做种种功德。这样，只能引起家庭成员的反感，非但不能引导家属学佛，反而会成为家庭分裂的原因。

出家不是一种职业，而是一种生活方式。这是通过团体的生活，将个体的生命融入大众的生活，在大众的生活中提升生命的质量，实现生命的解脱；同时，又通过团体的辐射力，将生命的智慧传达给世人，促进个体与社会的共同进步。

人生各有因缘，莫羡他缘。身心俱在青山，或心在青山身在红尘，皆为因缘。但愿为红炉上的一点雪、黑暗中的一盏灯，给别人带来一丝清凉，带来一点光明。修行的路上，皆有挣扎，任何理想的实现皆为痛苦的过程。

七天的观音七结束了，看着大家满心欢喜地从法师手里接走大悲水,那是生命的甘露,是观世音菩萨的心水,愿所有见闻者灾障消灭,无诸病苦;少烦少苦,成就善愿。在最后的开示中,提到要学习观世音菩萨的耳、眼、手。

学习观世音菩萨的耳根圆通,多倾听,学会聆听;倾听自己的声音,聆听众生的声音,了解众生的痛苦。学习观世音菩萨的眼根圆满,千眼照见,多观察,有妙观察智;观察自己情绪的变化,体会别人的情绪,了解众生的根机。学习观世音菩萨的手根圆满,千手护持,要有行动力,成就自己,帮助别人。

念珠,围成圆圈的定心神珠。念珠是念心,无关好坏,其用有二:一、计数;二、摄心。念珠的数目,意在表法。一百零八颗,表求证百八三昧,而断除百八烦恼;二十七颗,表小乘修行四向四果的二十七贤位,即前四向三果的十八有学与第四果阿罗汉的九无学;二十一颗,表十地、十波罗蜜、佛果等二十一位;十四颗,表观音的十四无畏。平常的十八颗乃至三十六颗等,与一百零八颗意义相同。但是,关键在于发挥念珠的功能。

吃素与学佛的关系:吃素是一种饮食习惯,学佛是一种精神追求。一、吃素并不是学佛,若无觉悟、慈悲的心,如牛、马、羊天天吃草,并不是学佛。二、学佛是生命的整体追求,包含着对自己生活、工作的提升,所以必须让生活体现觉悟与慈悲，尤其是在对人和事方面，所以以现实的生活、工作为主，吃素为次。三、在五十岁以前，仍然必须为生活与工作而忙，可以随缘吃素，在应酬前默念经咒回向给桌上的众生，起超度、慈悲想。

修 道

修道是人们依着佛陀教法而生活的内在理论与实际生活方式。

觉悟生命的真实,开显本来佛性,人成即佛成;实践觉悟的正法,创造幸福生活,生活即佛法;传播正法的教化,建设净土的社会,社会即僧伽。

神秘主义的道路:一、超意识自我的觉醒;二、对负面的无意识和有意识诱惑、价值与影响的初步净化;三、自我启发;四、自我彻底臣服绝对超意识(上帝)之后的"神秘黑夜"或者"神秘死亡";五、与绝对结盟;六、控制一切有限事物(包括人有意识和无意识的力量),获得最终净化和解放。

最欣赏冯友兰先生的一段话:"一个完全的形上学系统,

应当始于正的方法，而终于负的方法。如果它不终于负的方法，它就不能达到哲学的最后顶点。但是如果它不始于正的方法，它就缺少作为哲学的实质的清晰思想。神秘主义不是清晰思想的对立面，更不在清晰思想之下，毋宁说它在清晰思想之外。它不是反对理性的；它是超越理性的。"一生构建思想的目标！

修道的历程在"见山不是山，见水不是水"的"自我转变"阶段，势必涉及观念的冲突、价值的对立，激烈的内部冲突和混乱状态，会导致各自的不安、苦恼、压抑和"无趣"。要摆脱这种内在状态的痛苦，必须以更高的"自我认同"为根据，"我就是佛"成为最重要的自我认同，也成为修道的愿景与使命。

有源律师来问："和尚修道，还用功否？"大珠慧海回答："用功。"问："如何用功？"慧海答："饥来吃饭，困来即眠。"问："一切人总如是，同师用功否？"答："不同。"问："何故不同？"师答："他吃饭时不肯吃饭，百种须索；睡时不肯睡，千般计较。所以不同也。"律师杜口，不能回话。

神秀作偈："身是菩提树，心如明镜台。时时勤拂拭，莫使惹尘埃。"

慧能作偈:"菩提本无树,明镜亦非台。本来无一物,何处惹尘埃。"

第一义不可说,并非不能说,必须借物表法。语言的表达,容易落入逻辑的圈套。修行当于日常生活中无心而为,不修而修,不知而知。圣人的生活无异于平常人的生活,圣人做的事即平常人做的事,自迷而悟,从凡入圣。所谓"百尺竿头,更进一步",悟后仍然平常。

担水砍柴,无非妙道。因生活与道相应,容易证入无心无修。但是事父事君,礼仪纲常则更多为责任与术势,与无心无修更远。本质上,禅宗的修行方式与道家的自然主义相应,离儒家的治国平天下更远。

随喜,就是真实地分享别人的欢喜,真诚地布施你自己的欢喜,最后成就真正的共同欢喜!请多随喜别人!

古德云:"宁在大庙睡觉,不在小庙办道。"集体共修的好处:一、彼此监督,对治懒惰;二、同愿同行,交感呼应;三、集体呈现,形成力量。

问:朋友闭关修行多年,出来却诸多不适,尤其是对各种各样的人,于是,有些抱怨,想要退缩。我说,在深山里是无法普度众生的,真正需要普度的正是这些让你感到不适的世人，而这也才是考验你道行的最好方式，而这是否也才是真正的开悟？

答：修行的方式有多种，不存在哪种最好，应根机不同而有不同。隐居是对现实的批判，度众则是对现实的救赎，二者各有意义，并无高下之分。当然，若能真正做到既在孤峰顶上，又在红尘浪中，则真为禅者的境界。

官员薛简问六祖慧能说："京城参禅的大德们说，觉悟须坐禅习定。请问大师高见？"六祖答："道由心悟，岂在坐也。"参禅悟道不是打坐才能获得的成果。六祖说："生来坐不卧，死去卧不坐；原是臭骨头，何为立功过？"磨砖不成镜，枯坐不成佛，参禅悟道要能觉悟出真心本性，才能进入禅的境界。坐非禅，但是在四威仪中，禅不离坐。

有学僧问赵州禅师说："什么是道？"赵州回答说："吃茶去！"问："什么是佛？"答："洗碗去！"问："怎么样才能找到自心？"答："扫地去！"赵州禅师一碗茶，可以使你开悟，可以让你成佛作祖！因为除了生活以外，没有另外的禅！家庭即道场，公司即道场，社会即道场，生活即修行。出家只是一种生活方式，僧人过着修道的生活。

四个学僧打禅七，约定七天静默打坐，不开口说话。头一天他们都静默不语，但到了深夜，烛火忽明忽暗……"啊！

火要熄了!"一位学僧忘记约定而说出口。"应该一言不发的啊!"另一人说。"明明不可说话,你们为什么要讲话?"另一人又说。"哈哈哈!只有我没说话。"最后一位学僧高兴地说。不语戒的核心在于从不动嘴到不动心,心动则嘴动,管住嘴,看住心。

人的一生只要干好一件事,就够了,不必贪多。

行为心理学研究发现,一个人的新习惯和理念的形成并得以巩固,至少要二十一天。所以,学习和修行都要每天坚持,然后不断重复。

日常不断重复着相同的生活,于是便形成思维的惯性——自我的执著。痛苦之处即解脱之始,生活即修行,就是将每天的《心经》《大悲咒》《金刚经》乃至禅修,融入生活之中,如一种净化剂,如电脑的杀毒软件。通过重复的修行,一点点打破执著的惯性。经过重新组织,形成更具有建设性、更加圆润的生命。

两点之间最短的距离是直线,两个人最好的沟通是面对面。如果向第三者谈两人之间的问题,就会形成三角,于是会继续制造问题,而非解决问题。所以,佛教的戒律反对"两舌语"。

世界上唯一能做到,而且是建设性、具有持久性意义的,就是自我的改变。改变自己是最有效的改变。

心皆缘境而生,若无嗔恨的所缘境,当无嗔恨心。其实,鬼也怕人。但是,人因心中有鬼,故怕鬼!

供佛、诵经、说法是修慧;服务社会、造福人类、见义勇为、扶危济困是修福。修福是修慧的基础,修慧是修福的指导。"修福不修慧,大象挂璎珞;修慧不修福,罗汉托空钵。"

声闻者,闻佛陀教导之音声而觉悟;独觉者,不闻佛法之音,独自观察万物真理而觉悟。佛法乃万物之真理,独觉观万物之理而觉悟真理,声闻依佛陀教诲而观万物之理。觉悟者,一理也;觉悟的途径,有别也。

声闻与辟支佛的差别有三:一、时节,声闻出生于佛陀出世的时代,闻佛音声而悟道;辟支佛出生于无佛乃至无佛法的时代,自己出家而悟道。二、根机,辟支佛比声闻的根机更利,智慧深入。三、福德,辟支佛比声闻的福德更大。

苦行,并不是穿破衣服,吃烂东西,睡茅棚……最重要的是这些行为背后的意义。放下对物质的执著,并不是显示一种苦行相。放下执著,减少分别,才是真正的苦行。

做人要平淡，做事要认真。改变不了别人，就要改变自己。

美容的三重境界：一、修美，即通过美容技术而获得的外在美；二、修身，即通过锻炼、保养身体而获得的气质美；三、修心，相由心生，即心灵的内在美。打扮的三种方法：一、衣服七宝，即平常的衣服、装饰品；二、福德，即一个人所拥有的福德，包括相貌、气质等；三、道法，即内心的力量。

修行是一种形式，无论是闭关还是住山，都是一种形式。形式就需要仪式，仪式的本意是要让行者知道世间的进退，并不是使其广为人知。修行跟任何人都没有关系，只跟自己的内心有关系；不需要任何人知道，只需要自己知道。若广为人知，修行就易成为一种炫耀的资本，成为造就我慢的根源。

心理学家威廉·詹姆士说："播下一个行动，你将收获一种习惯；播下一种习惯，你将收获一种性格；播下一种性格，你将收获一种命运。"所以，修行就是真正改变自己的行动，转愚成智，转染成净，转凡成圣。通过长时间的坚持，这种"修行"的活动便会成为一种习惯，于是生活便是修行。因为，改变自己最好的地方是生活自身。

如果修行像减肥，持续努力地运动以改变令自己厌恶的形象，那么最终会发现效果总是不理想；而另一种修行的心态就是以运动为自身的目的，运动就是日常生活中的一部分，而不是为了改变某种东西。修行不是为了成佛，甚至不是为了超越自己，修行就是为了成为真正的自己。

修学者总会跟某些菩萨有一种特殊的感情，那就把这尊菩萨当成自己的本尊。确定本尊的意义在于，向本尊学习，有一种修学的榜样和目标，最后成就本尊的功德。所以，持咒或诵经时，不仅是身、口、意三密相应，更实现了自身与本尊的相应。

"德以配天"有两种解释：一、"天"即是规律，依规律而行动即是"德"；二、"天"亦可为欲望，欲望有福德相配才能满足，若福德无法配上欲望则为困苦，若福德配上欲望便为"天人"的生活，若福德大于欲望便为"神仙"的生活。所以，"德以配天"告诉我们：一、要观照缘起，依规律而行；二、要节制欲望；三、要积累福德。

一位信徒朝山前，去五台山前念《文殊心咒》，去峨眉山前念《普贤行愿品》，去普陀山前念《大悲咒》，去九华山前念《地藏经》，只为了心中求得一点感应。可是，你是否想过：去饿鬼道之前，我们要念什么？去地狱道之前，我们要念什么？哈哈！不必那么麻烦，去了就去了，去了能回来，无论去哪里，都是感应。

佛陀用自己的生命阐释"中道"，出家前做王子，拥世间荣华，享乐之极；出家后，六年雪山修行，日食一麻一米，苦行之极。最后，佛陀放下享乐与苦行，提倡"中道"。所以，"中道"不仅是佛陀所提倡的修道方式，也是他自己的生命经验；同时，这也是众生的榜样，王子的生活让人放下享乐，雪山修行让人放下苦行。

所有的圆满都曾经有痛苦的折磨，所有的庄严都曾经有残缺的过去。当我们崇拜佛陀的福德、智慧的圆满与庄严时，应该想想那种折磨与残缺，勇敢地迈上解脱的道路。那条路充满喜悦的笑声，也有痛苦的泪水；充满希望的未来，也会有绝望的无奈……

禅

"无目标禅观"是反思性地见证"本然"——经历一种当下自我式的轻微遗忘。这种自我,其自身处于成形和重组中,不断地浮现和消退。现象揭示空,空揭示现象。注意活动的"无目标禅观"开启一个又一个现象的存在,不需要做任何事。

如果参禅者眷恋着百尺竿头上的美妙风景,而不愿回到现实生活中,那是非常危险的,因为那些高峰体验时刻无论多么美妙,总会有终止的时候。

任何顿悟,不管它意义多么深远,都要加上长时期的修道,才能带来真正的性格改变。否则,我们就只是获得一种强烈的体验,它很快就变成了具体的经验,而我们则只会因它的特殊性以及它和我们的日常生活之间的断裂而珍视它。

世间意味着堪忍,意味着没有一件很容易的事;人生如夜间返航,逆境才是人生的灯塔。逆境之于人生,正如磨砺之于宝剑,琢磨之于美玉。修行就是一种磨练,磨练自己的动心成为静心,使自己在动的境界中不动心。人生的逆境,可遇不可求,感恩逆境!

有一位禅师在打坐时,眼前忽然出现一个境界——看见一个没有头的人。禅师当下说道:"无头,头不痛。"说罢境界即消失。一会儿,又现一个没有身体、只有头和四肢的相,禅师言:"无腹无心,不饿也不忧。"随后境界又消失了。没多久,又出现一个没有脚的相,禅师言:"无足不乱跑。"言罢境界全部消失。禅师因而悟出——"尘境皆无性"。凡事担心、害怕,是痴执的表现。

禅七随感

有时，人活着就是一种心愿。因为自己从来没有机缘进入禅堂，所以我会想方设法去学习、体验，淡淡的禅味，渐渐在字里行间溢出、流淌。2005年12月10日至16日，双林寺举行禅七法会，礼请河北省佛教协会会长净慧老和尚为主七和尚。这一殊胜因缘，我有幸参与其中，其中的点滴感受，在此奉献出来，与有心者共享。

一、坐禅并非七天

禅，具云禅那，本是梵语dhyana的音译，意译静虑。本来，行、住、坐、卧皆可修禅，但在四者之中，以坐姿最为适宜，故多云"坐禅"。在印度，无论是外道还是佛教，都非常重视禅定的修习。例如佛教的修行纲要，是戒、定、慧三学。戒清净，始得禅定寂静；禅定功夫到达一定水准，始得智慧明朗。因此，佛教最根本的修行方法是禅定。佛经中常可见佛陀及其弟子们重视修禅的记载，如《分别功德论》卷二说："阿难便般涅槃时，诸比丘各习坐禅，不复诵习。云佛有三业，坐禅第一。"

印度佛教的禅法，种类甚多，有数息、不净、慈心、因缘、念佛、四无量心、般舟三昧、首楞严三昧等，大体可分为大小乘二大部类。禅法传入中国之后，颇为盛行；隋代的天台智𫖮大师弘扬止观法门，是为中国禅师对印度禅法的集大成；其后，禅宗兴盛，中国式的独特禅法广行于世。

关于坐禅的方法，《大比丘三千威仪》卷上指出，应该四时随时坐禅，有舒适的床座、柔软的坐垫、安静的空闲处，有一起修行的善知识；另外，还需要无所求的好护法，能够提供饮食、医药等供养。这些都是外在的条件，修行者自身应该善于观察自己的念头，能够调伏自己的身心等。此外，智𫖮在《修习止观坐禅法要》《释禅波罗蜜次第法门》等书中，对坐禅方法也有颇多论述。

中国禅宗对于坐禅方法与时间等相关事项，也有甚多规定。如《敕修百丈清规》卷五《大众章》"坐禅仪"条对坐禅方法记载得非常详细。禅林中，上堂以前于僧堂坐禅少时，称为"坐堂"。小参之前及每日晚参之前于僧堂坐禅少时，称为"坐参"。定式坐禅之后再坐，称为"再请禅"。得法的住持，为勉励大众而伴随大众的坐禅，称为"伴禅"或

"陪禅"。

对于坐禅的时间,从印度到中国一般提倡"四时坐禅",即一日之中四次定时坐禅。《永平清规·辨道法》将黄昏(下午八时)、后夜(凌晨二时)、早晨(上午十时)、晡时(下午四时)之坐禅称为"四时坐禅"。北宋《禅苑清规》中并未记载有"四时坐禅"的说法。后来,日本僧人荣西《兴禅护国论》及日僧永平道元《永平清规》中都出现过,可以推测南宋时禅林有"四时坐禅"。

为了能够集中精力,克期求证,修行者必须经常做限期的修行。在一定时期内,除了必要的饮食睡眠之外,专心致志地坐禅,大多以七日为单位,称为"禅七"。"禅七"的时间是以七天为一个"七",最长时间达到七七四十九天。禅七最早起源于何时,目前尚不清楚。但是,在明代戒显《禅门锻炼说》"入室搜括第三"中说:"欲期克日成功,则非立限打七不可。立限起七,不独健武英灵,奋迅百倍。即懦夫弱人,一求入保社而心必死,亦肯捐身而舍命矣!故七不可以不限也。"这就是指"禅七"。宋元时期,禅林可能已经出现了"禅七"的修行方式。

二、天下赵州,虚云法脉

赵县,河北省的一个小县城,可是其名气却远在其他县市之上,因为有独一无二的赵州桥和柏林禅寺。

我与柏林禅寺十分有缘,1997年,我刚从佛学院毕业,因为净慧老法师的慈悲与厚爱,有缘在第五届生活禅夏令营讲课,那是我第一次对社会大众做的讲座。所以,从某种意义上说,我的弘法生涯是从柏林禅寺开始的。

1998年,我参加了第六届生活禅夏令营。之后,我就很久没有去过柏林禅寺,难怪老法师一看到我说,"你已经很久没有来了吧",令我有点不好意思。2005年8月23日,我踏上了回柏林禅寺的路,为陪同新加坡佛教总会主席、莲山双林寺住持惟俨法师,弘法组主任传显法师等一行,迎请净慧老法师于2012年12月前往双林寺主持禅七。

车驶进赵县的县城内,映入眼帘的是一座陀罗尼经幢,当地人称为"石塔"。陀罗尼经幢通体由石料建成,共7级,高16.11米,呈八棱锥形,始建于北宋景祐五年(1038年),是我国现存最高大的石刻经幢。这座古老的经幢,屹立在繁华的街头;因为唐宋时期,这座陀罗尼经幢是开元寺内建筑的一部分。今天的柏林禅寺,在唐朝被称为古观音院,而且赵州从谂禅师在此驻锡四十年之久,留下"吃茶去""洗钵去""赵州桥""庭前柏树子""狗子无佛性"等公案,流传于四海丛林。

赵州圆寂后,寺内建"光祖之塔"供奉其衣钵和舍利,谥号"真际禅师"。柏林禅寺现存的赵州塔重建于元代,距今已有六百多年的历史。在平原上,古塔在古柏的衬托下,巍峨而庄严，如赵州禅般沧桑、险峻。在柏林禅寺的日子里，我每晚都到古塔下经行，聆听塔铃的风响——是风在动啊？是铃在动啊？还是我在动啊？夕阳下，古塔孤高，我仿佛触摸到赵州禅师的心跳。

无数尘封的回忆一下子袭上心头。曾经在普光明殿前的石阶上，在寂静的黑夜中，聆听到古钟的声音。悠扬的钟声绕过历尽沧桑的千年古柏，穿过高高的红墙，在华北平原的大地上回荡着，久久不散。曾经捧着一盏盏莲灯，融汇移动的光点，汇集到巍峨的赵州塔前。摇曳的烛光，激荡着一颗颗真诚的心，每个人的脸孔都被烛光照亮了，都显得那么纯洁、柔和、安详！静静地看着闪闪的烛光，慢慢地等着每一盏盏灯的熄灭，在心灵的深处，一盏盏心灯重新又得到点燃，灯灯相传，灯灯无尽……

车一下子便到了山门前，河北省佛教协会会长、柏林禅寺退居净慧老法师，方丈明海法师，以及柏林禅寺常住大众热烈欢迎惟俨法师的来访。惟俨法师在万佛楼上香礼佛后，在问禅寮与净慧长老、明海法师等进行了亲切的交谈，并互赠礼品。

眼前的柏林禅寺，充满着熟悉而又陌生的感觉，依然在脑海中清晰地记忆着，被庄严的殿堂楼阁所震撼。迂回曲折的回廊，连接着一座座殿堂，无门关处自有门。一座气势恢弘的万佛楼拔地而起，从殿门往里望，仿佛进入了一个金碧辉煌的佛界，静穆、庄严；诸佛唇角不泯的微笑，温暖着每位朝拜者的心。

老法师非常慈悲地答允了惟俨法师的邀请,而且非常认真地叮嘱他的徒弟们,为莲山双林寺的禅七提供各种方便。于是,禅堂里的各种法器如香板、叫板等,包括茶杯、茶壶、坐垫等,都由柏林禅寺帮忙定做。

我们或许无缘问禅于赵州,问禅于虚云老和尚,但是我们有缘问禅于净慧老法师,这岂不是人生的一段殊胜因缘?

三、禅七与人生

禅与人生,已经是众人最为熟悉的话题了。但是,禅是不离坐的,坐禅与人生该又如何?禅,毕竟是需要"坐"才能明白的,如人饮水,冷暖自知;所以,坐禅是修道者人生的基本功课。

禅就是要我们能够定心、净心、悟心、明心,契悟人人本具的佛心,这是人生最重要的课题。"禅七",从事相上说,是利用七天的坐禅用功,能够收摄我们攀缘的心,回观自心,破除我执;能够经常保持一颗清明的心,念念分明,知道自己在吃饭,在行走,在坐禅,甚至在睡觉,真正成为心灵的主人。古代有《牧牛图》表示坐禅的心灵历程:修道就像牧牛的过程;我们的心如牛一样,必须时时刻刻看守它,不能让它去侵犯别人的稼苗。当我们能够看住自己的心念,看得清楚明白，这样的人生才会有意义，才能自在、快乐。

同时，"禅七""念佛七"等的"七"，除了表示七天之外，还表示我们的第七识——末那识。第七识因与我痴、我爱、我见、我慢四大烦恼相应，恒常地执著生命主体为我，即是我执。所以，在起心动念中，总是离不开一个"我"，一切的烦恼、生死皆因"我"而起，这些都根源于第七识的执著。"打七"就是要破除第七识的执著。

在这七天中，我们在过一种生活，不同于世俗生活的生活；依然在行住坐卧中，可是不同于平常的行住坐卧。平常，吃饭时，百般挑剔，贪恋口舌美味；现在，吃饭回归真正的目的——只是为了延续我们的色身；时间到了，大家就排班到斋堂，你不会知道今天将要吃什么，也无法选择，当下的一切就是全部。平常我们睡觉时，辗转反侧，无法入眠；现在，一颗平静、安详的心，会让我们进入甜美的梦乡。平常我们会比较财富，比较美貌；现在，我们一无所有，只是在坐禅、行香、吃饭、睡觉，除此之外，一切都是多余的。

以前，我们整天在得失、取舍中烦恼，不得自在。我们拥有的，总是没有自己的欲望多，总是无法满足。现在，微闭的双眼，一个蒲团，一碗粥，一杯茶，一张床，将是我们的整个世界。这样，才会明白内心的财富是真正的财富，淡淡的禅悦、身体上轻安的触感，这是任何人都无法抢走的。

禅七是一种生活方式，一种追求心灵的生活方式。我们在冥思，在行走，在呼吸，在咬着米粒……一切都是那么清楚、明白。于是，放下任何多余的东西，平常喜欢讲话的你变得无语了，只在静默中，体会着生命的力量；平常纷杂不息的妄念，似乎都停下来，苦苦地追问着"念佛是谁"，万念归一。

修行并没有那么复杂，它仍然是一种生活方式。所以，你不用太紧张、太在意、太执著了。如果你执著于修行，修行便会成为一种负担。在修行的生活中，你其实只与平常的你，有那么一点不同，或者少说了几句话，妄念少了点，腿多痛了一点，这其实都是进步。不用去祈求神通，不用去追求佛菩萨的显灵。当我们能平安、健康地坐在禅堂里，能够每天随众坐禅、行香、吃饭、睡觉，这便是神通，就是佛菩萨的显灵。

做一个纯情的修道人，过一种简单的生活方式，便是禅七的生活。于是，在起心动念之间，多了一份宁静、安详。七天后，我们又回到红尘世界中，但愿还能如古德所说，"好将一点红炉雪，散作人间照夜灯"。

四、学禅与规矩

古德云"丛林以无事为兴盛""山门清净绝非虞"，丛林耆宿凡遇后学，必劝诫其遵守丛林规矩。上千人共住一座道场，五湖四海的衲子共聚一处，人心各异，风土人情千差万别，而能维持道场的清净必是严格的规矩。丛林各大堂口，亦有自身的规矩，而规矩最为繁多者莫过于禅堂。从严格意义上说，没有住过禅堂，一般出家人很难真正理解什么是丛林的真正规矩。

亚里士多德指出，道德德性来自习惯。一位出家人僧格的养成，亦是来自平常在禅堂中的行、住、坐、卧的习惯；在与大众的共修中，培养出处众的忍力与耐力。所以，只有严格的规矩才能培养出僧格清净的出家人。

所以，学禅必须先学规矩，这是向古德、向佛菩萨学习的开始。2012年12月9日下午，常住便安排维那道智师为四众弟子讲解禅堂规矩、钟板等敲法，一板一眼，一举一动，都有其规定的法式。如倒茶、发茶杯，要求护七者的双脚成直角，身体略倾；而接茶杯时，则要将手掌伸直，大拇指扣着茶杯沿。香板的拿法，更是十分复杂，不同执事都不相同。

在禅七期间一律禁语，所以一切作息都是以法器的敲击为依据。凭着法器的提醒，大众行香、坐禅、小净、起香、养息等日常运作得到有序的运转。古德强调，法器是龙天眼目，因为法器能够使大众时时提起觉性，使心念清楚明白。

五、禅七一日

禅的生活是由板声开始的。早晨是敲三更板、四更板、五更板，即三板三遍；慢四板绕寺院一圈，再敲快四板四遍；然后，敲五板五遍；最后，敲"若人欲了知，三世一切佛，佛佛佛"三遍，敲"阿弥陀佛"，接大钟。寺院的生活，凡事必有规矩，才有"四十八头"的说法，可见其专业性与分工的仔细。

时间便在静静的观照中，过去了，流逝了……四点五分，我便起来洗漱，然后穿衣搭具，提着板，到大殿前。凌晨的空气中，弥漫着各种花香，潮湿而又清新。不远处的高速公路上，依然川流不息，轰轰的车流声，清晰而又模糊。精进的修道者，有的在坐禅，有的在经行，有的在礼佛……

四点三十分，当我重重地敲一下手中的板，清脆的板声响彻寺院的上空，悠远而又干脆。一切都在听着各种声音而运作，这就是寺院的生活，不用人发言，就会有各种法器的声音告诉你，现在应该要干什么了。我仿佛回到了深山的寺院，寂静的殿堂，昏蒙的灯光，只有自己在敲着，只有板声在响着，一切都在板声的呼唤下，慢慢地苏醒。

钟声响了，浑厚，深沉，悠长。在大钟悠扬的声音后，接着传来雷鸣般的鼓声，急促，震耳。双林寺很少有这么多人在一起上殿，海潮般的梵音，流露着佛子的虔诚与真挚。

下殿后，用过早餐。大众便云集到禅堂，举行禅七的传牌仪式。大众师鱼贯而入后，首先请惟俨大和尚恭请禅七期间的职事。因为禅堂里的位子必须按照职事设置，而柏林寺来的师父是远道而来的客人，所以必须重新请职一下。大和尚从侍者手里接过警策，交给各位职事，便算请职；香板是权力的象征。

班首、维那在佛龛前分两边站立，大众分东西两单站立。侍者捧着起七牌进堂，居中一举，向西一举，中间一举，向东一举，再中间一举；然后走到佛龛东边向维那师一举，维那师合掌问讯，接牌，向上一举，侍者合掌问讯退出。维那师将起七牌交给后面的香灯师，接放到佛龛前东边，后挂禅堂门口，悦众敲引磬圆礼，大众回去寮房稍作休息。侍者在丛林里代表方丈，所以传牌代表着奉方丈和尚的命令，在今晚起七。侍者进堂后，要东、西、中间一举，是为让大众知道。

回到房间不久，便又起身回到禅堂。开始行香，注意自己的呼吸，看住自己的念头。行香有许多讲究，快的走内圈，慢的走外圈，班首走最外圈。因为还没有正式起香，所以今天没有监香师。这次参与禅七法会的大多数人都没有住过禅堂，所以提前一天加香是必要的，为的是让大家熟悉一下禅堂的规矩。

我坐在位子上，只感觉到自己老是东倒西歪，好在今天没有监香师，否则，肯定要吃香板了。就在这样的昏沉中，自己坐过了两支香。可能是休息了一下，精神还恢复了不少。

午餐过后，又休息了一下，精神与体力一下子都有了。下午两点，进入禅堂，行香后，不久便有二板茶。喝完茶后，大脑清醒了许多，自己的意识亦清楚多了。这支香自己感觉还不错，手心发热，包括心脏的部位都是温热的。呼吸顺畅多了，感觉非常舒服。

午板香后便是晚殿，晚殿后要告生死假。所谓"告生死假"，是因为坐禅是为了能够了脱生死、明心见性，所以要前往祖师菩萨、方丈和尚处告假，说明要坐禅修道了。大众到祖堂后，维那呼："展具，向祖师菩萨告生死假。"然后，班首、维那领大众到客堂，向主七和尚告生死假。行完礼后，净慧老和尚开示大家，这次有缘能够来双林寺主持禅七，一定要共修共学，将禅法的方便与大家一起分享。

晚餐后，六点半，养息香起香。维那师敲叫香一下，接一板，第二下接一钟，第三下接一椎木鱼。监香师堂院内三阵叫香，大众开始行香。行香十五分钟左右，当值师根据维那师的指示，挂两板一钟，维那师钟板下，卓香板，呼"两边挂腿子坐"。于是，护七的法师、居士便进来散杯子倒茶。三巡茶后，维那师说："恭喜各位师父了，常住慈悲开始打七，为了成就师父们办道，奉请宽成师、善慧师、圣凯师、戒如师、传灯师为监香师，喊到名字的师父请在本位站起。"于是，我们这些监香师便从座位上站起，维那师又说："因为我们每个人都有惰性，香板能够帮助、提醒我们，请几位监香师父认真地监香。但是，香板是助道因缘，请不用报复香板、嗔恨香板。"

护七收完杯子后，悦众师捧着监香的香板，跟在维那师后面。维那师绕佛龛至西单头，按顺序交香板。交香板也是一种仪式，维那师、监香师互相问讯，维那师将香板一举，监香师向香板一问讯，维那师转过板头交香板，监香师双手横持香板向上一举，维那师向香板一问讯。依次交完香板后，首座在佛龛西前站，维那在佛龛东前站。然后，监香师持香板在佛前一字排立，维那师喊"礼佛三拜"，行礼的方法，与大殿行十方礼一样。

行完礼后，佛龛前八字行排开站立。香灯师将椅子放到中央，将直指牌靠在椅子上。悦众二人穿海青进堂，维那师呼："同寮师打引磬，迎请和尚主七。"于是，悦众便四椎引磬问讯，至客堂迎请和尚。

主七和尚——净慧老和尚持着香板进来，悦众四椎引磬，和尚用香板向上一指，香灯将椅子与直指牌移到佛龛后。老和尚走到佛龛前，转身面向外，持香板站立，维那师呼"顶礼和尚"，和尚云"不为礼"。悦众敲四椎引磬，大众向上问讯，悦众在门外打引磬三阵，脱海青进堂。和尚持着香板，将香板打下圆相，便开始说法。

说法后，随着老和尚的一声"起"，班首、维那、监香师等所有的香板，都是板头点地，一下子非常气派。当值师敲两下催板，维那师云："行起来。"

这样，养息香便开始了。

六、主七与护七

一佛出世,千佛护持。禅七中的各位修道者,要想达到道业成就的目标,必须有各种助道因缘。一次禅七的举办,不仅需要有禅堂,有滋养色身的物资,还需要一批护持大众用功的护七法师与居士。他们以最大的发心来供养大众,大众才能在道业上有一点进步。

禅七期间,因需集中精力,心理与身体上必须有很大的承受力。此外会出现心理与生理上的变化,出现各种问题,如不得其门而入无法用上功;紧张过度、失眠、火气上升等身心不调;或是在打坐过程中出现冷、热、动、痒、轻、重、涩、滑的八触境界,而不知所措;乃至执着种种打坐境界等等的问题。

这些问题,必须得到善知识的帮助。善知识有三种:一、教授,善巧说法;二、同行,行动与共,相互策励;三、外护,从外护育,使能安稳修道。一个禅堂内,也必须有这三种善知识,大众的道业才能有所进步。如主七和尚、咨询法师可以算是教授善知识,维那、悦众、监香、巡寮等诸师皆是同行善知识,护七诸师与居士则是外护善知识。

主七和尚是禅七中最重要的人物,必须是有修有证、善巧说法的禅门耆宿。禅堂内上百人的法身慧命,全凭主七和尚的指导，才能增长，可见其责任重大。主七和尚除了要主法起七、解七之外，还有能够为大众开示用功的法门。大众根机各异，所悟境界深浅不同，出现各种禅境亦是千差万别，主七和尚都能观机逗教，知道禅修者的问题与境界，适时给予指点、教导，使其能够更上一层楼。

但主七和尚毕竟年事较高，精力有限，恐未能够解答所有人的问题。这时，禅堂内的班首师父如首座、西堂、后堂、堂主等，都可以为大众解答。

禅堂的正常运转是依维那的指挥，维那的职责在于带领与会大众进退威仪、梵呗唱诵等事宜，而且维那是最熟悉禅堂的规矩的。悦众是配合、辅助维那，敲击各种法器，让大众心感和悦。

我们毕竟都是凡夫，久坐容易昏沉，因此必须有人提醒，这便是监香师父的作用。"监香"是在禅七当中，于禅堂往来巡视，督导及观察学人禅修用功状况的执事，若有昏沉、妄想的情形，则以香板提醒。监香共有八种香板，哪八种呢？轻昏点头、弹指抓痒、静中讲话、嬉笑放逸、冲盹打呼、东倒西歪、前冲后仰、靠壁扒位。如有犯此八事者，监香尽可下香板。

另外，禅七期间需放下所有的作务，专心坐禅。而寺院的日常运作、生活起居则专门由一群人来负责，这就是护七的法师与居士。护七就是护持正法，使打七的学人能心无旁骛地于禅堂内用功。

禅七的时候，护七菩萨是最辛苦的，不但要有悲心、愿力，还要能随机应变。如到禅堂收发杯子、倒茶、发水果，动作必须快，否则会影响禅修者的修行。佛经上说："未成佛道，先结人缘。"现世发心护持正法行人，不但与他们结下善缘，未来于菩提道上更是不乏助道与护持之人，而现世命途，自然增上。

七、"吃包子"的公案

依印度佛教的戒律，出家人必须过午不食。佛教传到中国后，由于气温、风土人情的不同，中国的出家人实行"不作不食"的清规；由于体力劳动，身体能量消耗较大，所以日食三餐。但是，晚餐称为"药石"，吃饭如同吃药，这是出于要维持色身的缘故。

中国丛林在打禅七时，一天内喝茶、吃水果、吃包子，生活水平比平常好多了。不理解的人会嘀咕："这哪叫修行，简直就是改善生活么！"其实打禅七是很辛苦的，每天坐十个小时，走五个小时，这些都需要气力。禅七期间，如果没有吃饱，行香、坐香，都没有力气，就会生退转心。尤其到了晚上，肚子发牢骚，则容易起烦恼，这样就会前功尽弃。所以，一定要保持身体健康，才能坐禅开悟。禅七"吃包子"，不但有现实的需要，而且是有典故来源的。

明代的宁波天童寺里,有一位重兴祖师叫密云圆悟禅师(1566—1642),他是一位开悟明眼的禅师。同时,天童寺禅堂的维那师父也是位开悟的禅师。二人风格迥异,圆悟禅师对人要求极其严厉,维那师父则非常慈悲。

在打禅七时,维那师父一看大众因肚子饿,无精打采地坐着,昏沉、掉举的境界现前。这样下去,禅七是无法继续打下去了。于是,维那师父大发慈悲心,为了照顾大众的健康,运用神通力,在定中到厨房偷了锅巴,给每人分一块。等开静时,大众睁开眼一看,在膝上有锅巴,就偷偷地吃了。于是,大众的精神一下子好了,跑香时亦分外有劲。

第三天早晨,管理厨房的大寮师父发现锅巴连续两天都不见,于是向方丈和尚报告。密云禅师说:"那么,就捉老鼠吧!"到晚上时,方丈和尚在定中观察,发现维那在定中又去厨房偷锅巴,于是把维那的身体放在禅凳底下。等维那回来一看,自己的身体不见了,仔细地寻找,在凳下找到,于是把身体拖出来。

这时,方丈和尚说:"你到厨房偷锅巴,已经犯戒,依常住规约,必须迁单。"维那说:"迁单是可以的,我有一个请求,希望您准许。"维那继续说:"参禅的人,一定要吃饱饭,才能用功修行。如果吃不饱,的确不能修行,所以我到厨房偷锅巴,是为大众,不是为我自己。希望方丈和尚发点慈悲,每天晚上,每人分两个大包子,若能这样做,我就向和尚叩头顶礼。我走之后,也不会打妄想。"密云禅师一想,觉得很有道理，便答应了维那的要求。

同时，密云禅师开示维那师父，他与四川有缘。所以，维那师父便行脚到四川，看见两棵大桂树，枝叶长得非常茂盛，于是在树下打坐。后来被当地的护法居士发现，居士认为他是老修行，是有德行的高僧，于是便在桂树下建了一所寺院，命名为"双桂堂"。他就在此地传法授徒，后来有很多参禅者开悟，成为双桂堂的开山祖师。

八、茶禅一味

打禅七时，在行香、坐禅的间隙，都要喝一杯茶，便有一种"茶禅一味"的说法。其实，禅堂里的茶绝无半点风花雪月之意，大家在与腿疼厮挨，在与烦恼、妄念斗争，在与昏沉抗衡。正是在这种激烈的厮杀中，渐渐有点禅味。这种禅味是"不经一番寒彻骨，怎得梅花扑鼻香"，是在一番刷痛之后，渐渐才有那么一点禅味。

平常所说的"茶禅一味"多是一种文学的意境：在一棵松树下，一位童子在煮茶，自己在抚琴，以天地为茶舍，以北斗为茶勺，以万象为伴侣，以松风为琴音。松风，茶铫，悬泉，飞瀑……茶，暗香悠远，沁人心脾。于是，在静谧的山中，伴着幽幽的琴声，夹杂着木鱼的声声点点，茶的幽香从远处传来，袭入鼻腔，仿佛心灵得到一番净化。"碧沉霞脚碎，香泛乳花轻。""溪花与禅意，相对亦忘言。"品茶者手捧茶杯，注目翩翩下坠的茶芽，品味香甜苦涩诸味，便有一种空灵玄妙深远的意境。空留余味，回荡，回荡……

在禅堂里喝茶，首先是一种现实的需要，因为整日坐禅、行香，极易上火，于是喝茶便有清火、醒脑的功效。泡茶、分杯、倒茶的工作，专门由护七的法师和居士承担。茶具亦极为朴素、简单，泡茶用大铜壶，茶杯是粗瓷的，杯壁极厚，不易打碎，落在地上会发出清脆的响声，衬托出禅堂的宁静。

禅堂经常被称为"选佛场"，就是从我们这些凡夫中，会选出一些佛来；或者称为"大冶洪炉"，因我们将自己的身心交给禅堂，经受痛苦的煎熬、规矩的约束、禅机棒喝的锻炼，最后能够战胜自己的身心障碍而脱胎换骨。闭上双眼，真诚地面对自己，疲倦地拖着这具躯体，心灵深处莫名烦躁。对于初修者来说，腿疼无疑是最大的痛苦。以前听说有些师父为了锻炼腿功，用磨石压着自己的双腿，直至昏过去，听起来有点自我折磨。可是，人要战胜自己，必须要有勇狠之心，这样才能战胜那么一点的我执。有时实在痛不欲生，干脆睁开双眼，瞧着不远处的香，希望它早点燃完……

这时，你不会有一种品茶的心态，不会管它是什么茶，也不会去欣赏茶具。只是静静地拿着茶杯，等候行茶者来到面前。一切都在无言中。行茶者丁字步站立，缓缓地倒茶，双方都专注于茶水的倾注与入杯。当茶汤滚过唇舌咽喉进入肺腑时，一股清流注入燥热的身心中，顿得清凉，顿解身心的疲倦，一位勇士又回到战场了。当下的味道，该是"茶禅一味"了！

马祖悟道之歌

序章

"为道莫还乡,
还乡道不成。
溪边老婆子,
唤我旧时名。"
一首流传了一千三百年的歌谣
一颗修道人的慈悲情怀
一个充满人间温情的修道故事
依然在耳边回荡
仍然在世间流传

印度高僧般若多罗曾预言：
"金鸡解衔一粒粟，供养十方罗汉僧。"
六祖慧能对南岳怀让说：
"你的门下出一马驹，蹋杀天下人。"

他的弘法足迹遍及湖南、江西、福建
引来无数禅者"走江湖"
他是生命的觉醒者
他是生活的真实者
他是伟大的禅者
他是我们佛弟子修道的模范
他就是马祖道一禅师

佛

佛在灵山莫远求，灵山只在汝心头；
人人有个灵山塔，好去灵山塔下修。
佛，宇宙人生的觉悟者，圆满的智慧者
佛在人间，就是要教导我们拥有一样的觉悟和智慧
有时，我们要冷静地问问自己：
我们活着为了什么？
我们在追求什么？

佛是什么？

马祖说："即心是佛。"

一颗觉悟的心，一颗智慧的心，一颗慈悲的心，就是佛

佛就是自家宝藏

马祖又说："非心非佛。"

所谓的"非心"，就是去除你的分别心、是非心、得失心、执著心。

如果你不给自己烦恼，别人也永远不可能给你烦恼。因为你自己的内心，你放不下。

什么是学佛？

马祖说："一切法皆是佛法，诸法即是解脱。"

行住坐卧，悉是不思议用，不待时节。

学佛，就是要当一个有智慧、有境界的觉悟者

向内寻觅，自识本心

用佛法的智慧来点化现实生活

改造生活

超越生活

圆满生活

让我们的精神生活更充实

物质生活更高雅

道德生活更圆满

感情生活更纯洁

人际关系更和谐

社会生活更祥和

从而使我们趋向智慧的人生、圆满的人生

心

马祖诗云：

"心地含诸种，

遇泽悉皆萌。

三昧华无相，

何坏复何成。"

马祖又说：

"一念妄心，即是三界生死根本；

但无一念，即除生死根本。"

同样的瓶子，你为什么要装毒药呢？

同样的心里，你为什么要令其充满烦恼呢？

万法皆从心生，心为万法之根本。

心是最大的骗子，别人只能骗你一时，而它却会骗你一辈子。

心中装满着自己的看法与想法的人，永远听不见别人的心声。

心外无别佛，佛外无别心。

内心没有分别心，就是真正的苦行。

对迷说悟,本既无迷,悟亦不立

圆满人生,从心开始

和谐社会,从心开始

和谐世界,从心开始

禅

满目青山是禅,茫茫大地是禅;

青青翠竹是禅,郁郁黄花是禅。

有一天

马祖正在坐禅

他的师父南岳怀让问他:"为什么要坐禅?"

马祖回答说:"想做佛。"

南岳怀让于是拿出一块砖,在马祖前磨砖

马祖问:"为什么要磨砖?"

南岳怀让回答说:"想做成镜子。"

马祖说:"磨砖怎么能成为镜子?"

南岳怀让说:"磨砖既然不能成镜,坐禅怎么能成佛?"

禅是一种境界,觉者、悟者、行者均有此境界,或者体验此境界。

马祖对庞居士开示说:"一口吸尽西江水。"

禅是一种受用、体验，唯行者有，唯证者得。

人类最大的错误，在于不敢承担圣人的心。

禅是见性的方法，是活的方法；

禅是探索、开发智慧之路，是挣脱桎梏之路，是追求解脱之路，是圆满人生之路。

禅是永恒的幸福、真正的快乐，是清凉自在的享受，是超越一切对立的圆满，是不住生死、不住涅槃的究竟自由。

道

春有百花秋有月

夏有凉风冬有雪

只要无事挂心头

便是人间好时节

马祖开示说：

"道不用修，但莫污染。"

何为污染？有生死心，造作趋向，皆是污染。

若欲直会其道，平常心是道。

何谓平常心？无造作，无是非，无取舍，无断常，无凡无圣。

一个人若有平常心，无论遇到任何环境及挫折，都能够真正安然自在；

了解世间的形象本就如此,所以不会害怕惶恐或忧愁苦恼。

来是偶然的,走是必然的。所以你必须,随缘不变,不变随缘。

当你快乐时,你要想这快乐不是永恒的;

当你痛苦时,你要想这痛苦也不是永恒的。

平常心是道

平常心是道

平常心是道

解脱篇

图：不丹佛塔

意 义

在繁琐的工作中，如果没有理想，就会觉得无聊，因为绝大部分的时间跟生命意义无关。只有将工作纳入理想的层面，工作才是生命意义的呈现。如果一周工作五天是为了两天的休息，那五天的痛苦真的能换来两天的快乐吗？当周末来临时，我们真的快乐吗？

只为了那心中的完美呈现，一切的努力与辛苦，都是有意义的。

当你发现存在的意义，那个当下便是永恒的；生命的那些第一次，之所以让人无法忘怀，是因为它创造了永恒的意义。所以，生命的意义在于创造。如果没有创造的力量，可以想象一个贫乏无味、毫无意义的生命，那是真正的行尸走肉。

张载曰:"为天地立心,为生民立命,为往圣继绝学,为万世开太平。"

我们不仅拥有此生此世的寿命,更要拥有生命,即诗意的存在、智慧的反思、利人的责任、文明的传承。

从业力论角度来说,佛法反对宿命,而强调命运是可以改变的。但是,凡夫很难具备真正的力量去突破生命结构的自身限制,而走向自在的人生。因此,有时会在现实生活中看到宿命。

生命的意义在于其无限的可能性,其实用易数等方法对现实人生进行预测,只是揭示了其中的一种可能性。但是,如果我们接受了这种预测,就会形成某种暗示,而最终形成对其他可能性的否定。天意中,既包含有意,也包含无意!

我们常常会想:我为什么不快乐?我这样活着有什么意义?为什么会喜欢名利?因为,不能真正理解生命存在的本质,用错误的证明方式来证明生命存在的意义。生命如果没有经过证明,便是一种没有意义的生命。

人生的意义在于创造比寿命更长久的生命。你必须赋予人生意义,人生才变得更有意义。最大的自由是给别人自由,自己才有自由。天底下最强大的是没有敌人,即慈悲无敌。以最佳状态呈现最好的自己,是才能。

人,最宝贵的是生命;它,只给予我们一次。生命是整体的呈现，书法作品则是书法家的生命流露；书法创作对于书法家来说，更是一种修炼；而书法作品传世，其意义不仅在于收藏、欣赏，更是书法家的生命分享。对于一个人来说，只有生命是最可贵的，所有的生命皆呈现于这个世间，都应该去修炼，都应该和别人去分享自己的生命。所有人应该要认识到这一点。

意义是生命层面的价值设定和理想追求，意思是生活层面的品质追求，二者皆应具足，才是圆满的人生。

什么是善？可从动机、过程、效果三方面理解：一、必须有利益自己、利益他人之心；二、是利益此世，也利益未来世的过程；三、确实产生利益的效果。所以，善不仅是善因，也必须是善果，因此智慧是行善的关键。

善体现了道德上的正确，因此中道是善的最佳形式。如，爱的"善"，爱得不会太过分，也不会产生怨恨心；人际的"善"，对自己所爱的人，能放下占有的感情，对自己不爱的人或不投缘的人，能尽量善待，以好的心念去对待人。

为争论而争论，为竞争而竞争，并不能长久。只有当争论者、竞争者爱别人，想帮助别人，或者为实现更高尚目标而采取方法时，才有意义。

自　由

佛法的目标是自由。摆脱了情感束缚的自由，摆脱了因无知而加诸自己身上的忧虑的自由，以及最终摆脱了生死轮回的自由。

自由不是为所欲为，给别人自由才能获得真正的自由。如我们不去骂人，不去杀生，不去毁谤别人等，都是给别人自由。所以，只有尊重别人，真心地去成就别人，自己才能自由。英国哲学家穆勒有一句名言："个人的自由，以不侵犯他人的自由为边界。"

世界只存在于自与他的"关系"，这种关系的价值是"苦"，处于不断变化、不可控制的状态中（即无常、无我），其本质是"空"；所以，"他"是"自"存在的根据，也是存在的制约，更是意义的来源，最后是实现自由的条件。

声闻道和庄子是把"自"从"他"中内在超越出来，实现境界上的自由；而菩萨道则必须走上教化"他"的道路，将实现"他"的自由变成自己的使命，同愿同行，最后实现自他的"共同自由"。

一切内心的观照都是为了自在，一切自在的观照都是为了观音，一切声音的观照都是为了众生。

看破不是看空，放下不是放弃，自在不是自我！

幸　福

幸福的定义：幸福=快乐+意义。所有快乐都是一次性消费，必须是有意义的快乐才是幸福的；同样，许多有意义的事情因为不快乐，如舍生取义，便不是幸福的。而意义必须具备四个特点：创造性、自成目的性、永恒性、亲身性。

无论如何自由与幸福，仍然无法逃避老、病、死的困扰。所以，依靠充分而自由地发挥自然能力的幸福，是一种有限制的幸福，是相对幸福。因此，《庄子》强调"以理化情"。庄子妻死，惠施去吊丧，却看到庄子蹲在地上，鼓盆而歌。庄子解释自己的行为："不然。是其始死也，我独何能无概然？察其始，而本无生，非徒无生也，而本无形。非徒无形也，而本无气。杂乎芒芴之间，变而有气，气变而有形，形变而有生。今又变而之死，是相与为春秋冬夏四时行也。"

如果幸福"犹有所待"，就是有所限制；庄子强调"至人无己,神人无功,圣人无名",与道合一,才是绝对幸福。《齐物论》的相对论:"方生方死。方死方生。方可方不可,方不可方可。因是因非,因非因是。"庄子提出更多的入"道"的方法,如"照之于天""弃知""坐忘"等。庄子的境界与修道方法,对后期禅宗有十分重要的影响。

自然,是如其所本然。充分尊重万物的差异性,自然本性充分而自由地发展,便是幸福。庄子说:"泰初有无。无有无名,一之所起。有一而未形。物得以生谓之德。"幸福没有绝对的标准,只需能做的做到,爱做的去做,充分、自由地发挥每个人的能力。

创造是一种幸福,允许别人创造就是给予他人幸福,他人幸福了,自己就幸福了。

人与人之间都是互相依存的存在,都是跟他人共在的状态,所以个人的幸福都必然依赖主体之间的关系。众生不幸的原因在哪里?就是不想让别人幸福,这样大家就都不幸福了;什么是快乐?快乐是别人布施给你的礼物;什么是道德?就是给别人快乐和自由。成佛为什么要广度众生呢?因为别人幸福了,我就幸福了,所以必须广度众生。

不知道什么是忧伤,就不会真正感激幸福;不知道什么是痛苦,就不会真正去体验解脱;不知道什么是限制,就不会去创造自由;不知道自己有什么缺点,就不会知道自己的优点。修行就是面对忧伤、痛苦、限制。

岁月如在大海的沙滩上写字,当潮水冲来时,什么都没有留下,只留下那片记忆。如花的生命,本应灿烂地绽放,不必担心凋谢,不必在意是否有人欣赏。打开心扉,让自己如实地呈现,无论是煎熬的欲望,还是炽热的感情;无论是烦恼的腾跃,还是智慧的涌起。真诚地面对生命,坦诚地去沟通,真正以善良的心灵去面对对方的心,一切都会被融化。真实的生命是最美的,也是最幸福的。

解　脱

解脱并不是痛苦的舍离，任何从当前痛苦中的脱离都会是另一种痛苦：离婚是结婚的另一种痛苦，死亡是出生的另一种痛苦，分手是恋爱的另一种痛苦。只有认识痛苦，接受痛苦，了知痛苦的根源，断除痛苦的烦恼，才是迈向解脱的道路。

万物万有变逝无常，唯"道"为常；"道"的内容就是"反"，故万物万有皆可由 A 变为非 A，故不可执。"为"者必是执著，亦必走向陷溺。自觉心驻于无为，遂无所执，无所求，故能"虚"能"静"，在虚静中，自觉心乃朗照万象，故能"观复"，"复"本有"回归"之义。

"生死即涅槃"的意义在于，透彻生死的本质，于生死中无碍自在，即是涅槃。看山是山，看水是水；看山不是山，看水不是水；看山还是山，看水还是水。这三个修道的历程，正是"A=非A"的表达。所以，解脱的逻辑，并不是A从B中解放、脱离出来，因为那样的话，A和B是一种对待，而且有预设的价值差异，永远无法得到解脱。只有根据"A=非A"，才能获得究竟的解脱。

佛教篇

图：新加坡双林寺

佛　教

佛教有两大理想：一、正法久住；二、广度众生。正法久住要"以戒为师"，因为僧伽对于佛教具有"神圣性"的"表象"作用，信仰体系的"中介"功能，同时，对于信徒具有"模范"作用。广度众生则要"以法为依"，皆依正法而弘法。以戒为师，以法为依，佛法才能昌隆。

僧伽以其"表象""中介""模范"的三大功能，成为佛教神圣性的最主要"表达"；戒律是僧伽神圣性的"保证"；寺院则成为神圣性表达的"空间"。这样，僧伽、戒律、寺院，构成佛教作为"制度性宗教"的基本内涵。

大乘佛教的特质：

1. 菩提心：成佛之心——最高的目标与志愿。菩提心要赋予生命一个圆成正觉的终极目标、价值和意义；启发行者从"追寻生命终极意义"的方面自我提升。

2. 慈悲心：度众生之心。自他一体的同体大悲心，启发行者从"超个人之爱"的方面自我提升。

3. 六度万行：最普世的行动。启发行者从"超个人之行为"方面去自我提升。

布施——不是吃亏而是福报；

持戒——不是约束而是自由；

忍辱——不是压抑而是认可；

精进——不是辛苦而是快乐；

禅定——不是不动而是任运；

智慧——不是聪明而是反思。

4. 佛性：最高的自我认同。有自我认同才能自我提升，启发行者从"实现真我""圆成佛性"的方面自我提升。

5. 佛身、佛土：最好的所缘境。你的未来就是你的当下所缘境。

6. 般若、空性见：最高的价值观。一切皆苦；诸行无常；诸法无我；众缘和合；自性皆空。

我于2011年在美国耶鲁大学演讲时，就是借助冯先生《中国哲学史》的英文版，用英文探讨佛教中国化。

中国佛教的经济基础是以农业经济为核心，而且形成以农业为基础的修道模式——农禅并重的"一日不作，一日不食"。

中国佛教的制度基础是家族制度，清规是中央集权制体系的建构，禅宗谱系是家族制度的体现。

中国佛教的解脱思想是既入世又出世，"以出世之心做入世事业""既在红尘浪底，又在孤峰顶上"是中国化的解脱思想。

中国佛教的思想基础是《周易》《老子》《庄子》，天台、华严、禅宗的本体论是最显著的表现；而禅宗的"搬柴运水无非是道""郁郁黄花无非般若，青青翠竹皆是法身"便是"自然的理想化"体现。禅宗的修道模式具有浓厚的自然主义色彩。

主办佛教教育的要求：一、理想，即一心为教而培养人才；二、胸怀，即能够看到未来的二十年，因为人才的成就需要二十年；三、心量，即能够包容年轻人的轻狂与率性；四、福德，即有经济、有威严，经济能安住色身，威严能摄众；五、能力，即组织能力、沟通能力、交流能力，组织才能有序开展，沟通才能听取声音，交流才能获取更多的支持。

现代佛教建筑的四大特点：环保、实用、清净、典雅。大屿山自古以来是出家人隐居修道的地方，山上有二百多家寺院、茅棚，最大的是宝莲禅寺，其次是观音禅寺。非常喜欢和羡慕观音禅寺的清净，没有游客，青山古刹。

"卫塞",即5月满月之日,是全世界亿万佛教徒最神圣的节日。佛陀于公元前623年卫塞节这一天诞生,后于这一天得道,并在八十年后的同一天涅槃。"联大"1999年通过决议,认可世界上历史最悠久的宗教之一的佛教两千五百多年来为人类精神做出的并将继续做出的贡献,决定给予卫塞节以国际承认。

潘基文秘书长在2012年卫塞节的致辞,全文如下:

今年国际社会庆祝卫塞节之际,里约热内卢联合国可持续发展大会的筹备工作也正进入最后阶段。这次里约热内卢大会是一个不可多得的机会,借此可促使世界走向更加公平和可持续的发展道路。

在这方面,从佛教中我们可获益良多。佛陀主张,救世须先修心。他以真知灼见,为地球村的改善及其居民的进步指明了道路。

爱护自己,也关心他人,因为我们的命运相互交织,这就是佛教的核心,也是世界各大宗教的核心。

这些教诲激励着家庭、社区和国家为我们共同的福祉一致行动。在一个相互依存的世界,这是保证个人和集体发展的最佳途径。

我们还必须改变由来已久的断想妄识,开放心智,接纳新思想、探索新途径,这样才能应对全球面临的重大威胁,包括极端武器、不容忍和不平等。

我请佛教徒和信仰传统各异的所有人借卫塞节之契机,思考如何改变我们的行为,从而为一个更加可持续的未来铺路架桥。(2012年5月4日)

寺院经济的本质是"常住共有",其来源主要是信徒的布施与供养,其功能是护持常住与弘法。现代寺院经济面临着三大问题:一、本质的背离,容易成为个人私囊与地方经济的来源;二、来源的错位,靠门票与经营性收入,容易被利益绑架;三、功能错位,只是自养而不去弘法,僧团缺乏经济压力而不去弘法。

要回归本位,实现"法住法位",需要佛教界自觉,更需要佛教界自身认清寺院经济的本质,通过修道和弘法,让寺院经济回归"供养经济"的来源;加强制度监督与审计,加强内部的集体决策与监督,让寺院经济不要成为"方丈所有",回归"常住所有"。

供养是一颗感恩、奉献的心,是依供养对象的需要,根据自己的能力,而成就随缘、随喜的功德。

《摩诃僧祇律》记载佛陀制戒的"十事利益",最后则是"正法得久住,为诸天人开甘露施门故";《法华经》则以"欲令众生开示悟入佛之知见"为佛陀出现于世的大事因缘。所以,佛陀说法立教的理想无非是实现"正法久住",达到

"广度众生"的目的。"正法久住"是实现佛教的自我解脱精神,"广度众生"是实现佛教的社会教化精神。"广度众生"是"正法久住"的目的,"正法久住"是"广度众生"的前提。

佛弟子必须将清净和谐的"正法"普施世间,让一切众生获得清凉的智慧;必须将"正法"的清净功德"回向"社会,服务社会,报国土恩、众生恩,庄严国土,利乐有情,因所有功德来源于众生,必须回向众生,才是佛法究竟义。

七月不是鬼节。

这个七月,我们不烧金银纸,不乱扔垃圾,不随地吐痰;我们热爱地球,保护地球——我们共同的家园。

这个七月,我们用所有的休息时间去陪伴父母、照顾孩子;不对父母大喊大叫,不对孩子恶言相向;我们培养自己的孝顺心,也培养孩子的孝顺心。

这个七月,我们不发脾气,对人友善;热爱和平,祝愿和平,促进一切和平事业。

这个七月,我们虔诚供佛安僧,将佛教的发展视为自己的生命。

于是,这个七月将不会是"鬼节"。鬼界众生,会因为我们的改变而高兴,也会因为我们的功德而超升!

弘　法

弘法的意义,在于可度者为说法,不可度者为作因缘。

听闻佛法的功德有二:一、令心清净,心清净则生智慧;二、令心生欢喜,欢喜故得大福德。所以,以闻慧的成就为修习佛法的初阶。修习佛法的四大原则:依法不依人,依义不依语,依智不依识,依了义经不依未了义经。

佛教的形成,来源于佛陀的觉悟与佛陀在世间示现说法。佛陀觉悟真理,证入大涅槃,这是自利;度化众生,使众生逐步证入涅槃,这是利他。法是佛法的内容,是佛法的根本与核心,而佛与僧是法的体现者与实践者。

关于佛法语言的特质,《杂阿含经》卷二云:"为世说法,初、中、后善,善义、善味,纯一满净,梵行清白,演说妙法,善哉应见,善哉应往,善应敬事。"

菩萨从五明中学。修习外学,一是为了知其不足之处,从而针对性地教化众生；二是为了掌握丰富的世间学问，以便更好地救度众生，造福人类的现世生活。

最好的教化是以身作则。如甘地云："我们必须活出想要让其他人效法的样子。"所以，领袖人物应该永远站在最前线，开疆拓土，让其他人追随于后。

我们处于历史的关口，从农业经济到市场经济，从集权政治到民主政治，从农耕社会到工业社会，从儒释道的传统知识到科学知识，从纸质传媒到新媒体时代，似乎一切都变了。这是千年根机的转变，契理契机不应是口头禅，注重根机的转变，了解现代根机的特点，对佛法做出适应现代根机的现代诠释，这是现代弘法模式转变的必经之路。

佛教传统的"非请不说"，到了"自媒体"时代，已经变成了"不请自说"。但是，"自说"又如何契机？传播方式的转变，对佛教弘法模式有重大的影响。这需要对"自媒体"有所理解。"自媒体"时代，弘法精神与形式都有了很大的变化。

一切的喧哗终会归于宁静。网络是一个更加无常、无我的事物，微博弘法确实具有因陀罗网重重无尽的功德；但是，世间法皆有其限制性，弘法人必须深入观察无常、无我，才能不被网络的喧嚷所干扰。微博确实是一个浮云、水月道场！

微博亦是道场，道场中有如法、不如法。如法者，大家生大欢喜、赞叹；不如法者，大家要反思，生大悲悯。微博弘法与传统弘法的区别：传统弘法是"有请方说"，重视正法的尊贵与神圣；微博弘法是"不请自说"，强调正法的传播与利他。其实各有利弊，因此在此劝请各位微博中的弘法者与学法者，在学习扑面而来的正法时，要经常赞叹正法的稀有、尊贵与神圣。

微博弘法虽然是"自媒体"，但是有缘来了，参与、学习、评论，便是"请法"。因此，留下你"请法"的证据，这非常重要！

唐义净三藏法师题取经诗云："晋宋齐梁唐代间，高僧求法离长安，去人成百归无十，后者安知前者难。路远碧天唯冷结，沙河遮日力疲殚，后贤如未谙斯旨，往往将经容易看。"

中国文化复兴必须开放，文化的复兴与繁荣，前提是思想自由。中国佛教的复兴亦必须开放，南北朝、隋唐时期便是例子。佛教与基督教、伊斯兰教的交流是开放的好途径之一。至少，在佛教制度与基督教教会制度、公司制度，佛教弘法与基督教、伊斯兰教的布教模式，佛教思想与西方思想等方面，具有很多可交流借鉴的东西。所以，佛学院开设比较宗教学、布教学、西方现代思想、现代管理学等课程,是很有必要的。

他者即是自我的映射。不求他过,常思己之不足;不能改变这个世界,就改变自己。在这个有缺陷的世界里,要解决种种纷争和混乱,唯有发愿去教化这个世界,推进佛教人才的培养,提升佛教弘法水平。

佛法本无大小,法门无有高下。任何法门和宗派,都是众生治病的"阿伽陀药"。佛教的发展应当是一种多元的状态,修行法门更需要"方便有多门"。如果一个法门取代了一切法门,那不是佛法的幸运,而是佛法的悲哀,因为末法时代提前来临了。所以,弘法者和护法者都应该想到这一点,不要因自己的喜好,而增加谤法之罪。

新加坡双林寺今昔的感思

2000年7月以来,我三次于新加坡双林寺弘法,与双林寺结下了深厚的法缘。每次都在双林寺住上二十天左右,每天都徜徉在寺院的殿堂、庭院、回廊之间,聆听百年沧桑的风雨,观摩庄严、精美的佛教雕塑、彩画。龙光宝塔上的风铃声,一直萦绕在耳际,久久难以忘怀。于是,那化不开的乡情、乡味便涌上心头,仿佛通过时光隧道回到百年前,深深地体会到血缘与法乳的同根同源。

一、莲山双林寺的历史

两百年前的新加坡,原是一个荒凉的渔村,随着中国沿海的侨民相继移居此地,建立码头,此地于是逐渐成为交通、通商的口岸。当时的侨民漂洋过海,筚路蓝缕、胼手胝足,以坚忍、无畏的精神开疆垦土，建设家园，才有今天繁荣的新加坡。

历史是神奇的，总是有一些不可思议的因缘，成就不可思议的功德。双林寺与刘金榜之间的因缘是不可思议的。刘金榜（1832—1909），原福建省漳州府南靖县人，二十余岁时只身南渡，来到新加坡。他秉着中华民族的刻苦耐劳的精神，在经商方面非常有成就，成为星洲商界及侨界的领袖。1898年某一天晚上，刘氏与其子刘启祥不约而同地梦见海边金光灿烂，一片祥瑞之兆，于是，第二天便前往海边一探究竟，正好遇上贤慧禅师等一行人自缅甸弘法后渡船抵达。刘金榜于是恭请诸位法师回家，四事供养，并且慷慨献出今日的大巴窑区一带五十英亩土地，并筹募兴建双林寺。

贤慧禅师，福建惠安人，俗姓萧，家境富有，全家与佛教特别有缘。父母弟妹均先后出家，以家产自创清音寺和清德庵，男女分居二寺庵以修持。光绪十三年（1887），福州怡山西禅寺住持微妙和尚，游于清音寺，得见贤慧禅师父子兄弟矢志修行，心生赞叹，便为其全家开示佛法，礼微妙和尚为师。光绪十八年（1892），贤慧禅师与弟性慧禅师、母亲慈妙法师、妹禅慧法师、表妹月光法师等一行十二人先往印度朝圣，再到锡兰（即今斯里兰卡）岛上的楞伽山，看到那里山水秀丽，是用功办道之处，就结庐安居，男女分栖，精进修行，前后共六年。光绪廿三年冬（1897），缅甸仰光绅士高万邦，得悉贤慧禅师在锡兰楞伽山修行，便专程恭请禅师们到缅甸弘法。于是,清光绪廿四年(1898)初,贤慧禅师一行从缅甸出发,经槟城、马六甲海峡,取道新加坡返回中国,巧遇刘金榜,受其挽留,共谋兴建双林寺,礼请贤慧禅师为开山住持。

寺院伫立在一片清幽福地上,地势后方隆起,逐渐向前方略微倾斜,前端是低洼的滩地,两侧是青绿的树丛,远远望去,那隆起的丘坡就像一朵清新脱俗的莲花,浮在翠绿的荷叶上,"莲山"即因此得名。"双林"是纪念佛陀在拘尸那城外的娑罗双树下涅槃时,同根双树各一枯一荣,喻如来入涅槃"非枯非荣"。

刘金榜倡议创建双林寺的计划,在当时的华人社会中得到了广泛的支持。"远承怡山之法脉,欲昌临济之宗风",贤慧禅师在刘金榜居士等人的帮助下,大兴土木,最初兴建的殿堂是后院的法堂,下为附立的珠琳庵,是供其母慈妙法师、妹禅慧法师及表妹月光法师居住共修处。当时的工匠及石料均源于中国福建,木料则小部分运自中国、大部分采购于南洋一带。1901年,贤慧禅师圆寂,其弟性慧禅师为第二任住持。第二年,次子性慧继逝,其母经此惨变,心灰意冷,将寺务交托给性慧禅师的弟子明光法师,凄然返国。我们今天读慈妙法师所立的《莲山双林禅寺缘起》仍然心有凄凄:"浮生如梦,果如是乎?但吾母子在此数年,满望大功克竣,上报佛恩。今既如此,复何言哉?"慈母之情、恋子之心、佛法之愿,百年后读起来,仍然令人感慨万千。

明光法师负起承建大殿的重任，光绪廿九年（1903）元月廿六日，总理刘金榜及诸董事在《叻报》发表《续建双林寺布启》，正式向善男信女募捐建寺缘款，建寺计划得到海内外华人的热烈支持，共襄义举。

双林寺建筑工程浩大，建筑材料多由中国运来。先建后殿法堂、珠琳庵，继而大雄宝殿建于光绪三十年（1904），天王殿建于光绪三十一年（1905），钟楼、鼓楼完成于1907年。当刘金榜于1909年逝世时，建筑物虽已完成大部分，但还未举行正式的落成典礼。从1898年到1909年，足足建了十一年，耗资近五十万叻元，成为新加坡最宏伟的丛林寺院。

民国元年（1912），立国之初，百废待兴，民困财贫，新加坡中华商务总会（现为中华总商会）发动"中华国民捐"运动，协助国民政府解决财政困难。新、马七大庙宇在双林寺集议，成立"南洋佛教社"，主办杂技表演，筹助接济中国社会和远在家乡的人民。这次演出轰动一时，为新、马佛教史增添了光辉的一页。

历任双林寺住持有贤慧、性慧、明光、敬亮、兴辉、福慧、证明、碧辉、增慧、普亮、松辉、高参、永禅、谈禅等，都是怡山法脉；其中普亮与高参住持寺务时间最长，前者有二十七年，后者有十一年。普亮法师担任住持期间，分别于1918年与1935年募化重修双林寺。抗日救亡时期，侨胞抗日情绪高涨，普亮法师与南侨筹赈会诸君子关系密切，招募机工回国服务，法师于双林寺中负责集体训练。1942年2月，日军攻陷星洲，捕杀抗日分子。第二年，法师被日军捕去，音信全无。

高参法师善医学，精拳术，为少林第四十九传南授衣钵之第一人，曾在寺中设班传授少林正宗武术，后来发展为少华山、少雄山、少镇山、南洋少林国术总会等国术团体。他在任期间，曾于1950年发起募捐重修，耗资十多万元，历时一年余；并且于1958年举行一次规模壮大的传戒大典，受戒弟子一百八十八人，高参和尚任传戒阿阇梨，这是新加坡佛教界有史以来的首次传戒大典，让佛灯传之无尽，非常殊胜庄严。

双林寺是新加坡重要的文化资产，对于百多年前中国人开拓新加坡的历史而言，是一份珍贵的历史见证物。1980年，双林寺被新加坡政府正式列为被保留的国家古迹之一。

二、 双林寺今天的修建

双林寺占地面积之大、殿堂之多，在新加坡的国家古迹中位居第一。过去虽有多次修整，却未留下任何的记录档案。到了20世纪80年代，木构殿堂受到白蚁的严重侵蚀。1991年，寺院成立双林寺复原委员会，负责双林寺建筑群的修复，进行实况绘测，整体规划，并积极地在多方面尽量复原丛林的原貌。

双林寺的建造者来自福建省的不同地方，大檀越刘金榜祖籍漳州府，开山住持贤慧禅师祖籍泉州府，却又是福州怡山西禅寺的传人，其他献金者还有福州、泉州及漳州的乡民。双林寺的旧照片显示殿堂间有着各种建筑风格，更奇妙的是，同一座殿堂上，竟出现了不同的建筑风格。当时，来自各地的建筑师傅和工匠，采用家乡运来的建筑材料，在双林寺这座瑰宝上发挥了各自的传统工艺技巧；而这种特殊、融合式风格的建筑，哪怕在中国也是绝无仅有的，更彰显其不平凡的历史意义。

　　正因多种风格融合，在修复时要保存古建筑原来的风格，无疑就加重了修复的困难。但是，以惟俨法师为首的双林寺复原委员会，在中国大陆、香港地区、台湾地区，以及新加坡的建筑专业人士的协助下，不辞辛劳，最终使双林寺的建筑有更完整的规划，巍峨古刹再现新姿。

　　双林寺采用中国传统的合院布局，也是汉传寺院的建造形制，主体建筑沿南北中轴线布置，配殿及附属建筑配置于东西两厢或后侧；中轴共有三进落，每一进落之间由殿堂组成的院落重叠，院内有院，以庭院与建筑虚实搭配组合，在整体上显示其气派的宏伟壮观，建筑各有不同的使用功能，是中国大丛林的典型实例。

　　从樟宜机场高速公路下来，在路边就可以看见一簇金碧辉煌的建筑群，那就是新加坡最古老的寺院——双林寺。进入一片民居组屋，便到了寺院，迎面而来的是一座牌楼，东坊额题"德化十方""道传八闽",西坊额题"法耀南天""禅源西竺",屋脊飞扬,形体壮丽。牌楼每边各有四对石狮,增添了雄浑的气势,让人一叹:好气派的寺院啊!

一道围墙,将尘嚣隔绝在外,不息的车流与宁静优雅的古刹形成鲜明对比。沿着青石路,四周花木扶疏、青翠秀丽,路边的八大灵塔向世人静静地诉说着佛法从印度到中国、从中国到新加坡的千年历史。不远处便是一座青白石搭配的照壁,与下面的半月池互相辉映,壁上雕刻着前任中国佛教协会会长赵朴初居士的墨宝——"南无观世音菩萨"七个楷书贴金大字,宛如一面照镜,教人远离红尘的喧嚣,用智慧观照自心,真是"观自在菩萨行深般若波罗蜜时,照见五蕴皆空"。池内九龙吐水,缀以莲花,希望所有众生能够出污泥而不染,转娑婆为极乐,化秽土为净土。

双林寺的山门十分华丽,木栋架雕琢细致,色彩夺目,造型独特的斗拱及瓜筒引人入胜,虽然繁复却具韵律。门口有抱鼓石一对,门上彩绘门神,韦驮天、护法伽蓝、四大金刚栩栩如生、魁梧威武,护佑梵刹永昌、海众安宁。

一踏进山门,眼前的事物变得无比秀丽,奇形怪状的盆景,繁荣旺盛的花木,真有种曲径通幽的感觉。在众多的花木中间,耸立着细长挺拔的经幢,当中刻有二龙戏珠、仰覆莲花、葫芦、海浪、力士、宝山、飞天等,八角幢刻着梵文及汉文的《佛顶尊胜陀罗尼经》。从山门两侧向东西两侧延伸的,便是长长的回廊,上方护以盖顶,有遮阳与避雨的实用功能。回廊三面筑以围墙，墙面上方开直棂石窗，在回廊里散步，有恍惚隔世的感觉；透过直棂石窗，听见窗外车水马龙的声音，才令人觉得自己仍然生活在这个世间。

这里的一切都很熟悉，和中国的寺院都一样，只是更加精致、华丽。割不断的血缘、难舍的文化情结，会让每一个中国人，无论身处何方何地，都能在这里找到自己的根，在一花一木、一砖一瓦中，留下每一位中华民族子孙的根。

殿顶高耸的天王殿庄严神圣，采用漳州的建筑风格。殿内供奉着笑口常开的弥勒菩萨像，旁边是怒目圆睁的四大天王，后面是威严的韦驮天，大门彩绘密迹金刚力士，一笑一怒，无非佛法。

天王殿后面，两边先是钟鼓楼。钟楼位于东侧，与东配殿相邻，一楼为地藏殿，供奉地藏王菩萨，二楼悬挂铜钟；鼓楼位于西侧，与钟楼遥遥相对，一楼为伽蓝殿，供奉护伽蓝神，二楼悬挂法鼓。然后，两边是客堂、祖堂，丛林的殿堂十分齐全。

双林寺的大殿十分雄伟，面宽和进深各五间，里面供养着缅甸玉所塑成的三世佛——本师释迦牟尼佛、药师琉璃光如来、阿弥陀佛。大殿前草木扶疏，四季飘香，各种颜色的莲花总是在静静地开放，向世人宣说着佛法的清凉与智慧。拥有一百年历史的玉佛像依然端坐在台基上，默默护佑着苦难的众生。这一百年的历史，对只有两百年历史的新加坡来说，似乎具有无可比拟的意义。这一百年以来，来自中国的出家人以当年求法僧的精神，将佛法弘扬到新加坡，给新加坡人民带来法音。寺院仍然在修建，惟俨法师继承了祖辈们的精神，仍在努力不懈地进行着。

社会文化篇

图：印度灵鹫山

社　会

　　社会形态有三种：一、通过高压团结起来的社会，是相互仇恨、没有自由的、无趣的"监狱"。二、契约社会，完全以自我为中心而按照契约方式来攫取别人利益的人，将很快发现自己亦被卷入一场无情的生存竞争，相互冷战，即"一切人反对一切人"。在毫无限制的自由竞争社会，个人越强有力，就越会"自由"剥削和压制弱者；社会分裂成富人和穷人、贵族和平民、胜利者和失败者、强者和弱者，整个社会也就因此形成压迫和被压迫的状态。所以，只有在契约社会中注入爱的关系，社会才是温暖而不冰冷的，才能缓和为了生存而进行的无休止争斗，才能阻止它转变成充满暴乱的强迫性监狱。三、净土社会，互相关爱是人们的目的价值，高兴地互相关心，甘愿为别人的福祉做奉献，这是最完美、最高贵、最幸福的社会，这就是"净土"。

《大学》:"古之欲明明德于天下者,先治其国。欲治其国者,先齐其家。欲齐其家者,先修其身。欲修其身者,先正其心。欲正其心者,先诚其意。欲诚其意者,先致其知。致知在格物。物格而后知至,知至而后意诚,意诚而后心正,心正而后身修,身修而后家齐,家齐而后国治,国治而后天下平。"同心同德,同愿同行,美美与共,共成大道!同一世界,同一愿行。

《佛说孛经》:"友有四品,不可不知。有友如花,有友如称,有友如山,有友如地。何谓如花?好时插头,萎时捐之,见富贵附,贫贱则弃,是花友也。何谓如称?物重头低,物轻则仰,有与则敬,无与则慢,是称友也。何谓如山?譬如金山,鸟兽集之,毛羽蒙光,贵能荣人,富乐同欢,是山友也。何谓如地?百谷财宝,一切仰之,施给养护,恩厚不薄,是地友也。"

人一定生活在组织中,这是由人的社会属性所决定的。那些离群索居的人们,自认为自己不属于任何组织,实际上一个人也是组织。

在团队中,"木桶理论"发生作用,即团队的力量主要受限于短板,所以应该牵羊也要赶羊;但是,在个体生命中,"木桶理论"是不对的,即人应该发现自己的天赋,并将天赋全然绽放,因为你的短板永远存在,所以要用宝贵的时间去绽放美丽的生命。

我们经常拿别人的错误来惩罚自己：别人开车闯红灯过了，你也跟着闯，结果就撞车了；别人贪污没出事，你眼红了也跟着贪，结果就被纪委抓了；别人"包二奶"老婆没发现，你心痒痒也跟着包，结果后院起火，家庭支离破碎；我们总是看到别人的一时，没有看到别人的一世，如果有耐心看到结局的话，相信你就不敢了。

世间道德的基本观念：一、知有罪、有福、有果报；二、知有今世和未来世；三、知有世间和真理的存在；四、知有佛等圣贤的存在。

读 书

书，拿起、放下，是一个人的世界；打开、合拢，是一个人的心；书，记下的、失去的，是一个人的记忆；书，文字的、心灵的，是一种呈现的方式。书，作者说、我读，是两个人的对话。后来，我发现书越读下去，我离作者越远，成为一个人的独白。

读书，是一种存在的方式，不读书，无以存在；是一种与圣贤对话的方式；是一种发现自己的方式。

《老子》："为无为，事无事，味无味。大小多少，报怨以德。图难于其易，为大于其细。天下难事必作于易，天下大事必作于细，是以圣人终不为大，故能成其大。"

虽然未来还没有来，但是未来总要来，机会总是给有准备的人。二十岁时候的学习，是想创造四十岁时候事业的高峰；四十岁时候的学习，是想创造六十岁时候生命的高峰。一个成熟、圆润的生命，拥有饱满的热情、丰富的阅历，愿意将生命分享给有缘者，能够对他人有所利益。生命不止，学习不停，创造不息！

教 学
——师者生命的呈现

教师职业的伟大,无论如何赞美,都不为过。但是,教学毕竟是人与人沟通、传授的过程,因此是一个动态变化的过程。人,是最大的变量,这个变量也是教育最大的意义。

一、教育是一种艰辛的期待

教书育人,为人师表,任何理想和光鲜的背后,都是艰辛的付出。这种付出中有一种期待,就是学生的成长。但是,学生的成长是不可预知的,百年树人,一个学生能够成才也得是在二十年后。所以,教育必须拥有一种胸怀——看到未来的二十年,甚至百年。

二、学生是老师的存在根据

教育主体是学生和老师，二者是互为存在的根据。"教学相长"的含义：老师通过知识的传授、理想的传播、身心的感染，塑造了学生的知识结构和心灵世界；同时，在教学过程中，学生通过提问、沟通等生命呈现的方式，也改善和提升了老师的知识和生命。二者互为存在，互相成长，并不是单方面的。

所以，在教学过程中，老师必须开放自己的身心和生命，让学生完全进入自己的"场"，师生一起构成一种知识、理想和生命的"场"，这是最宝贵的状态。平常，我们只是要求学生要感恩老师，在互为成就的"场"中，老师也要感恩学生，因为有他们，老师才获得自己的生命意义。

其次，老师必须拥有一种心量：有教无类，没有不好教的学生，只有教不好的老师。老师要包容年轻人的轻狂与率性，学生是自己的过去，接受他们的现在，就是接受自己的过去。

三、教学是生命的整体呈现与提升过程

人，最宝贵的是生命；它，只给予我们一次。教学是生命的整体呈现，教学不仅要体现自己的研究，也要表现老师

的生命境界、理想、热情等。教学活动不仅是知识的传授，更是一种情感的表达。所以，教师必须有心理的自我察觉能力，尤其在课堂教学上，必须意识到自己的失态；有驾驭心情的能力，在坏心情不期而至时能很快冷静下来；有自我激励的能力，前进时富有激情和目标，摔倒时能很快爬起来；有理解学生的心理的能力；有与学生交往的能力，最后能融入、融通、融合于学生中，形成团队力量。

其次，教学也是老师向学生学习的过程，所以是老师的自我提升的过程。因此，老师和学生在意义世界上是平等的，在生命过程中也是平等的，都是一种彼此互相成就和提升的过程。

四、 学生是教学唯一思考的主题

学生是老师的存在根据，作为老师，在教学过程中唯一要思考的主题就是学生。学生是教学活动的基础、关键和出发点，也是最后的归宿点。老师要对学生的心理特点、知识背景、接受程度等进行了解，然后针对不同的学生进行备课、讲授、答疑。孔子说："爱之，能勿劳乎？忠焉，能勿诲乎？"热爱学生，要了解学生，这是前提，也是主题应具的条件。

老师必须拥有良好的组织能力、沟通能力、交流能力，如此组织才能有序开展，沟通才能听取声音，交流才能获取更多的支持；必须拥有一定的威信和印象，威信能够为学生塑造榜样，良好的印象能够为学生提供亲和力和感染力。

五、理想、热情、道德、专业是教学的必备条件

教育是社会发展、人类进步的最大途径，从事教育必须具有一种人类理想——愿为人类、社会而付出。这种付出无法用任何金钱、权势等作为回报，这是生命的自我呈现，也是生命意义的自我实现过程。

教育是不断变动的过程，面对这种无常的过程，教师必须保持热情，专注、坚持于自己的教育事业，不会被学生的不成长等现象熄灭自己的热情。

教学过程势必会有利益等，老师为了保证教育的纯粹，为了保持教育效果的最大化，必须拥有良好的道德自律意识。要言传身教，老师是用自己的专业知识、思想品质、人格魅力、言行举止对学生进行教育，所以老师要严格自律、以身作则。

文 化

世界各大古老文明都把世界的中心指向一个高高在上的精神领域,把这个世界中人的生命、物的生命提升起来,指向上天。

《易纬·乾凿度》说:"易一名而含三义,所谓:易也,变易也,不易也。"即容易、简单,转化、改变,不变。掌握事物的规律和原理,即万物的转化与改变原理,规律的"道"是不变的,而懂得大道就会容易、简单了。

六十四卦的三点涵义:一、宇宙中的一切,包括自然界、社会界,形成一个自然序列的连续链条;二、在演变过程中,每个事物都包含自己的否定;三、在演化过程中,"物不可穷也"。

从象形来说,"文"字上半部是太阳从地平线上升起、世界从黑暗走向光明,下半部是通过治理使社会和谐、天下安宁;"化"表示人只有在执掌器物并发挥能力的情况下,方可对社会进行有效治理与变革。所以,"文化"是一种光芒普照的思想与智慧,即人类用以提升自身和治理社会的有力思想武器。

《易经》云:"文明以止,人文也。观乎天文,以察时变;观乎人文,以化成天下。"文化的价值和功能,主要在于通过励志、传道、尚德、增智、怡情、养心、明理、崇义等方式,不断提升人们的精神境界与创造力,进而推动社会发展进步。

荀子提倡"性恶说":"人之性,恶;其善者,伪也。"人的本性是恶的;但是,凡是善的、有价值的东西都是人努力的产物。价值来自文化,文化是人的创造。

圣人有情而无累。

"清谈"是用最简洁的语言表达最精粹的思想,这只能在智力水平相当高的朋友之间进行,被人认为是一种最精妙的智力活动。"风流"是自然、放达、文雅的浪漫精神,而不是放荡、肉欲的享受主义。

万物的独化,是如其本然、示其本然。自然是自然而然,其甚深义则为缘起,但是其表义则为无因论。故南北朝时期,佛道的思想论争为"自然"与"因缘"之争。

孔子的思想,正名是如然,仁义是应然,推己及人是必然,天命是本然。知天命故了知世界的规律,通过推己及人,而实现"仁者爱人"的应然。知者不惑,知万物之天命故;仁者不忧,忠恕爱人故;勇者不惧,名正言顺故。

《中庸》说:"喜怒哀乐之未发,谓之中;发而皆中节,谓之和。中也者,天下之大本也;和也者,天下之达道也。致中和,天地位焉,万物育焉。"一个人,如果一切欲望和情感都满足和表达到恰当的限度,那他的内部就达到和谐,在精神上很健康。

道家的方法是通过否定知识,把人的精神提高到超脱人世间的"彼""此"分别。儒家的方法不是这样,它是通过推广仁爱,把人的精神提高到超脱寻常的人我和物我分别。

百家主要有"六家":阴阳家、儒家、墨家、名家、法家、道家。各个学派正是从官、师分离中产生出来的。依冯友兰先生的说法,儒家出于文士,墨家出于武士,道家出于隐者,名家出于辩者,阴阳家出于方士,法家出于法术之士。

古文学派声称拥有"秦火"焚书之前秘藏的经书,都是用古文字体书写的;今文学派所用的经书则是用汉朝通行的字体书写的。冯友兰强调:今文学派可能是先秦儒家理想派的继续,古文学派可能是先秦儒家现实派的继续。换句话说,今文学派出于孟子学派,古文学派出于荀子学派。

冯友兰指出:汉朝以来的正统儒家,总是责备各朝的统治者是"儒表法里"。谭嗣同在《仁学》一书有惊人之议:"二千年来之政,秦政也,皆大盗也;二千年来之学,荀学也,皆乡愿也。"二者的观点是一致的。

董仲舒的学说体系,以孔孟的儒学为核心,以阴阳五行学说为构架,并广泛吸收了先秦道家、法家、墨家等诸子的思想。它主要包括了以自然神论之"天"为最高范畴、以阴阳五行为构架和以"天人感应"为核心的宇宙论,"变而有常"的天道观,真天意、辨物理的认识论,待教而善的人性论,以"三纲""五常"为核心的伦理思想,继乱世必须"更化"的"三统""三道"的历史观,取法于天、以行仁政德治为核心的王道论,以及"独尊儒术"的大一统论。

关于礼的起源,荀子说:"礼起于何也?曰:人生而有欲,欲而不得,则不能无求,求而无度量分界,则不能不争。争则乱,乱则穷。先王恶其乱也,故制礼义以分之,以养人之欲,给人之求,使欲必不穷乎物,物必不屈于欲,两者相持而长,是礼之所起也。"(《荀子·礼论》)

关于祭礼的意义,荀子《礼论》说:"祭者,志意思慕之情也,忠信爱敬之至矣,礼节文貌之盛矣,苟非圣人,莫之能知也。圣人明知之,士君子安行之,官人以为守,百姓以成俗。其在君子,以为人道也;其在百姓,以为鬼事也。……事死如事生,事亡如事存,状乎无形影,然而成文。"

《荀子·解蔽篇》说:"慎子有见于后,无见于先;老子有见于诎,无见于信;墨子有见于齐,无见于畸;宋子有见于少，无见于多。"照荀子的看法，哲学家的"见"和"蔽"是连在一起的。他有所见，可是常常同时为其见所蔽。因而他的哲学的优点同时是它的缺点。这就是所知障，由此可见修道的困难！

道德与法律是社会的两大原则。从管理来说，势、法、术确实不可缺少，"势"指权力、权威，"法"指法律、法制，"术"指办事、用人的方法和艺术。但是，一个领导者，必须首先拥有理想的感召、道德的教化，然后才是制度的维护、权威的摄化、用人的方法，这种顺序不能变，否则必然会变成独裁或阴谋论，法家的弊病或许就在于此。

历史的重演是因为人类烦恼的相似性。礼制与法律，二者有同有异：同者，则皆为一种约束；异者，礼制的约束为自愿，其基础在于道德的自愿与社会的压力，法律的约束为惩罚，其基础在于共同的契约。

中国哲学以为，一个人不仅在理论上而且在行动上完成这个统一，就是圣人。他是既入世而又出世的。中国圣人的精神成就，相当于佛教的佛、西方宗教的圣者的精神成就。但是中国的圣人不是不问世务的人。他的人格是所谓"内圣外王"的人格。内圣，是就其修养的成就说；外王，是就其在社会上的功用说。

儒家认为，处理日常的人伦世务，不是圣人分外的事。处理世务，正是他的人格完全发展的实质所在。他不仅作为社会的公民,而且作为"宇宙的公民",即孟子所说的"天民",来执行这个任务。他一定要自觉他是宇宙的公民,否则他的行为就不会有超道德的价值。他若当真有机会为王,也会乐于为人民服务,既作为社会的公民,又作为宇宙的公民,履行职责。由于哲学讲的是内圣外王之道,所以哲学必定与政治思想不能分开。

人是理智和情感的结合,而二者常处于矛盾之中,于是出现宗教、诗、科学的表达方式。宗教中兼有理智与情感,诗则是情感的表达,而科学则是理智的表达,哲学亦是理智的表达。当然,在世界各大宗教中,基督宗教和伊斯兰教偏重情感的表达,佛教则理智与情感并重。

《庄子·天下篇》:"天下大乱,贤圣不明,道德不一。天下多得一,察焉以自好,譬如耳目鼻口,皆有所明,不能相通。犹百家众技也,皆有所长,时有所用。虽然,不该不遍,一曲之士也。……"是故内圣外王之道,暗而不明,郁而不发。道的折中主义,在佛教思想里则为顿悟与渐悟的矛盾。

墨子的兼爱以"中国家百姓人民之利"为价值标准,是相对的利他主义;依"夫爱人者,人必从而爱之;利人者,人必从而利之;恶人者,人必从而恶之;害人者,人必从而害之"的因果律为驱动力,以天志和明鬼为赏罚措施,以国家的极权主义为保障。

朱熹以"理"为存在的根据，王守仁以"心"为存在的根据，因为凡夫二元对立；觉者以智如合一为境界，即心理合一。

清代汉学和"宋学"的学问，即文字的解释和哲学的解释，都是做学问缺一不可的方法。因此，重视文献和思想，是学问之道，阐发其原有和应有之意。西方哲学和基督教的传入对于中国文化的影响，目前还没看到效果，可能需要五百年的时间，才能见到文明交互的结果。

儒家政治哲学强调：一、"皇"要尽道；二、"帝"要"尽德"；三、"王"要"尽功"，为民谋福利；四、"霸"要"尽力"。宋明理学家对佛教的了解是偏激的，既有知识上的苦闷，也有情感上的偏见。

方东美先生自我评价道："我的哲学品格，是从儒家传统中陶冶；我的哲学气魄，是从道家精神中酝酿；我的哲学智慧，是从大乘佛学中领悟；我的哲学方法，是从西方哲学中提炼。"

方东美说："一个中国的学者，如果他没有超然的思想，没有宗教的至诚，没有生命实证的道德意识，将不会被尊敬为一位纯正的雅儒。"

方东美说："易有三义：一、变易，这是时间的实质；二、简易，这是社会的组织；三、不易，真正贯注了一种形上学的原理，在一切社会变迁发展当中，不论如何变化，总是表现一种时间上的持续性、历史上的持续性，然后讲文化的类型、精神、价值，而这些是永远不易。"

方东美说："英雄因为自己的优越感而引起人类的反抗，结果一般人要把英雄的优越感摧毁掉，于是英雄便成为时代的悲剧人物。"

南怀瑾先生，他，一代风骨，精通儒、释、道，影响政、教、学、商，讲学出版，投资铁路，设立大学堂。论在当代中国文化的影响力，南师的影响最著。从来没有想过去见他，读他的书就够了，当然也永远见不到他了。愿他的法身舍利常存世间，继续影响着当代中国人的心灵。

中国思想史缺乏神话系统和神秘经验，所以中国宗教的本质是伦理，一开始便以理性开明的伦理文化代替神秘宗教。

佛教传入中国，是佛教征服中国，还是在中国继续发展？佛教确实丰富了中国人的精神世界，同时也改变了中国人的心灵结构。

管　理

　　道家的管理学是"无为而治"："不尚贤，使民不争。不贵难得之货，使民不为盗。不见可欲，使民心不乱。是以圣人之治，虚其心，实其腹，弱其志，强其骨，常使民无知无欲。"管理学的目的是保持如婴儿般的淳朴和天真，"大智若愚"；但是，实现目的的前提有二：一、领导的典范作用；二、良好的外部环境。

末日论

铺天盖地的末日论，令人惶惶不可终日。宇宙运行，成、住、坏、空乃自然规律，佛陀亦无可奈何，况某位法师能救乎？坐禅何须山水地，灭却心头火自凉。若天欲灭我，我无以逃；若天不灭我，我安然度日，又何须管它是否末日。唯安住当下，如如不动，末日亦远乎！

即使真正末日来临，末日乃共业，吾等勤修佛法，存善心，行好事，亦有不共业，能避共业之灾，又何惧乎！况菩萨度众生，人溺己溺，人亡己亡，愿建净土于人间，让人间能永离末日之灾！

人们对世界末日的期待，包含着对现实的无奈，希望通过末日的毁坏，而解除自己生命中的期待、痛苦乃至风雨。但是，人作为生命意义的主体，必须通过意义的建构和证明，从而实现其自身意义的最大化，即我常说的"自证"与

"他证"。

其实，末日并不可怕，因为如果我们真的遭遇了，无可躲避；但是，现在"意义虚无感"成为人们生命中最大的"末日"；当欲望与期待无法实现时，我们对生命意义便产生怀疑与毁坏。"世界的末日"只毁坏一时，如果我们不能走出生命的"意义虚无"，便拥有一个长达几十年的"生命末日"。

应该把所有的末日预言当成一种警示，让我们自己真正面对缺陷的生命和无奈的现实，而不是陷入沉沦和执迷。当所有末日的预言成为销售广告和行骗的手段时，人类已经走向末日，而不需要等待那一天的来临。正是因为遭遇末日和末法，我们才需要努力去净化自己和改善社会，于是那个预言便会成为"流言"。

当人们相信散播所谓末日谣言的邪教时，政府、社会乃至宗教团体都要反思自身；公民素质不仅应该强调科学素质，也应该包含宗教、生命等素质。我们生活在一个充满物质与欲望的世界，从来不去反思世界乃至生命自身，当流言流行时，我们因为缺乏生命素质，才会产生恐惧与害怕。

末日的狂欢和恐惧是人类的悲哀，人类试图用狂欢来掩饰内心的恐惧。人类应该学会反思和慈悲，想想这个世界上除了你之外，还有这么多生命的存在。与其孤身坐上诺亚方舟，还不如和所有人一起平静地面对所谓的末日。所以，不用为末日准备什么，如蜡烛乃至电灯等；生命都没有了，拥有那点脆弱的光明和温度又有什么用？

行者篇

图：印度那烂陀

同　在
——体验印度文明的旅途

　　印度，一个再熟悉不过的国家，恒河、灵鹫山、舍卫国、王舍城……无数熟悉的地名构成一幅美丽的地图，镶嵌在脑海的深处。绵延数千年的文明，高速发展的现代经济，车顶上坐满了人的公共汽车，种种表象在重重叠叠地不断拼凑着她的形象。2007年1月22日至31日，2月5日至13日，我有幸两度前往这个文明古国访问考察，亲自体验印度文明的魅力，观察现代印度社会的种种状态。于是，传说与史诗融入色彩分明的生活场景中，无数美好的回忆停留在佛教圣地的残垣断壁中，一切又不断地重组、建构，渐渐立体起来。美国作家马克·吐温当年访问印度后曾感慨地说："印度，你只要见一眼就永远也忘不了，因为它同世界其他地方都不一样。"时代不同了，但是马克·吐温的感慨依然会令人生起强烈的共鸣。

德里——传统与现代同在

德里分为旧德里（Old Dehli）和新德里（New Dehli）两部分，新德里位于南部，与旧城隔着一座德里门。新旧德里犹如两个贫富悬殊的邻居，住在同一块土地上。旧德里街道狭窄，二三层高的残旧建筑、牛车、单车、电车充斥在横街窄巷里。相反，新德里到处街道宽阔，树林翠绿，街道清洁，是印度整个国家的政治行政中心。但是，繁华的背后仍然到处可见贫穷之景——大街边随意搭建的贫民帐篷，见到游客就围上来的乞丐，漆黑的手做出一种要吃饭的手势，令人心颤。

德里的印度门，外形像法国的凯旋门，据说壁上刻着九万多印度士兵的名字，以纪念第一次世界大战期间为英国参战而牺牲的印度士兵。九万士兵拼命地为英国打仗，是希望印度能够独立；可是，战争结束后，英国人没有实现他的诺言，所以，才会有圣雄甘地领导的民族独立运动。印度门顶站上有一个圆石盆，是一盏大油灯。

印度门前是一条"国家大道"，直通远处的总统府。1月份去的时候，我们进去参观总统府。总统府位于印度门以西宽广的拉杰巴特街（Rajapath Rd.）旁的一座小山岗上，原为英国殖民时代的总督府，后改为总统府。它融合了印度传统式样与英国维多利亚时期的建筑式样，面积约二万平方米，内有三百四十个官室、二百二十七根画柱、三十五个凉亭、三十七个喷泉、三千多米长的长廊，外加长四百米、宽一百八十米的莫卧儿式样的大庭园。总统府门前的卫士非常亲切，我用印第语"您好"和他们打招呼，他们头一歪，热情地回应，于是便前去和他们合影留念。而部长办公楼前的卫士则十分紧张地观察着来往的人们。漫步在总统府内，欣赏着美丽的建筑、蔚蓝的天空，忽然觉得自己的某种心理得到了满足。1月26日是印度共和纪念日（Republic Day），在电视上看到了阅兵和民俗杂技表演。在总统府的东边，便是国会大厦，在宽广的草地上，圆形的列柱成排，呈现出优雅的格调，这是现代德里的象征。

　　文化是心灵的交流，没有国界。在德里的国家博物馆，我们会惊叹绵延数千年的印度文明。印度本土的主要民族达罗毗荼人基于生殖崇拜的农耕文化与外来的雅利安人基于自然崇拜的游牧文化互渗交融，形成了印度文化的主体。在博物馆中，佛教与印度教的不同思想，通过雕塑、壁画等艺术展露无遗。佛教注重沉思内省，强调宁静平衡，以古典主义的静穆、和谐为最高境界；印度教则崇尚生命活力，追求动态、变化，以巴洛克风格的激动、夸张为终极目标。而晚期大乘佛教被印度教同化蜕变为密教，密教美术也倾向于巴洛克的繁缛绚烂。但是，古典主义并不完全摒弃华丽的装饰，印度的巴洛克风格也并不完全排斥静态的表现。

博物馆中的佛教展览品非常丰富，照相机将精美的艺术品都拍摄下来。公元前3世纪至公元13世纪的佛像、菩萨像，似乎让我们徜徉于印度佛教一千多年的历史长河中。对佛教徒来说，最令人激动的无疑是佛陀舍利。在这个博物馆中，便供奉着一颗佛陀舍利，在新建的舍利塔前，便是两个当年的舍利容器。于是，礼拜、瞻仰、佛前留影成为一道神圣的程序。

在电影《心灵导航》里，其中一位印第安妇女对来自纽约的女主角说过这样一句话："我们这些人生活在信仰里，而不是生活在恐惧中。"印度就是一个生活在信仰里的民族。印度具有丰富的宗教传统，德里随处可见印度教、锡克教、伊斯兰教等宗教建筑，传统的宗教建筑与现代大楼毗邻同在。巴哈伊教的灵曦堂，是让我流连不已的建筑物之一。灵曦堂位于新德里南郊，1986年底完工，被赞誉为20世纪的泰姬陵。它的造型设计是一朵浮在水面、周围由莲叶衬托、含苞欲放的莲花，所以又称莲花庙。伊朗设计大师法里布兹·萨哈巴（Faribuz Sahba）以含苞欲放的莲花为外形，以此象征宗教的圣洁、超欲出凡、走向清净的大同境界。夕阳如一面红红的悬鼓，莲花庙静静地矗立在小山岗上，空阔的草坪，长长的朝圣道，面对此情此景，一种宗教的神圣感会油然而生。信仰是来自心灵深处的冲动，这种冲动，在那一刹那，在那个地方，或许很多人都会有。

灵曦堂共四层，上面三层为莲花形，由二十七朵花瓣组成，每层九朵，用白色大理石贴面，通体雪白，纯洁无瑕。

第一层花瓣开放，第二层半开，最顶层欲放，富有立体动感，似乎灵魂冲上天堂。底层每片花瓣之间修建了一个个椭圆形的水池，共有九大水池，注满清水。于是，洁白的莲花映现在水面上，而且能让祈祷大厅舒适凉爽。可容纳上千人的大厅里，放置了一排排木椅，所有人都在里面静默冥想。放下红尘中的所有烦恼，沉思后的人们会从这里获得新生。阳光从第二、三层花瓣的空隙钻入，点点金光洒在大厅里，更营造了几分神秘感。两度前往莲花庙，都为其设计而感动，难怪人们称其为"第二个悉尼歌剧院"。想想我们现在国内的寺院建筑，都在追求规模宏伟，但我们毕竟无法追上盛唐；而且，在细微的设计方面，更缺乏创新与灵感。我们不断地仿唐、仿宋，能给后人留下多少属于我们这个时代的东西，或者说，什么是我们这个时代寺院建筑的特色呢？莲花庙的启示，无疑让人深思。

圣雄甘地——非暴力与力量同在

圣雄甘地（1869—1948），印度政治家及独立运动的指导者，为印度民族独立之父。1886年，他曾到英国攻读法律，归国后执律师业。1893年，在旅居南非的时候，不满当地印度同胞所受苛酷之待遇，于是大加抗议，为争取基本人权及撤销人种差别，展开二十余年非暴力之斗争运动。1914年回到印度后，成为劳动运动、民族解放等独立运动之指导者，继续与英国对抗。1920 年，甘地大举展开反英之"不合作运动"（Non-Cooperation Movement），提倡自治、种族平等，奖励国货，抵制英货，结果数度入狱，但始终不懈地开展不合作运动，以非暴力之原则抵抗到底。他先后入狱十余次，并以绝食抗议而获得英国政府之让步。1947 年，印度终于成为主权国家。其后，甘地全力消除印度教和伊斯兰教之间的冲突，并为促进两大宗教之间的理解与宽容而奔波。1948 年 1 月 30 日，在新德里，他被一名印度教之激进主义政党党员暗杀。"圣雄"甘地不但受印度全国民众之崇敬，亦备受世界推崇，其毕生以抵抗不公正、侵略、民族歧视及恢复人性为职志之精神，令其永垂不朽。

甘地陵墓在新德里东北部的朱木拿河畔，斜坡四周，绿草茵茵，一只狗在悠闲地奔跑着，许多当地人在草坪上坐着，一幅田园风光的画面呈现在眼前，让我们忘记了这是陵墓。山坡的四周砌上矮墙，有几个进出的通道。脱鞋进入，便可以看到黑色大理石砌成的墓体，墓尾有一盏长明灯，闪烁着独有的光芒，仿佛昭示着甘地的精神长存于世。在墓首雕刻着几个印地文，导游介绍说这是甘地遇刺后的最后遗言："嗨，罗摩！"它的意思，相当于我们大叫一声："哦，天哪！"这无疑是最聪明的墓碑了。这是我们平常大叫的声音，非常普通，但是当它成为生命最后的声音，被刻在墓碑上，它的意义似乎就非常复杂。我们这些后人不断地去重复，无数遍地解读，似乎明白了，但又含糊不清。

甘地的一生，经历过十六次绝食，其中两次绝食三周，只喝一点苏打水。他多次在绝食中濒临死亡的边缘，谈到自己吃苦的意义，他说："我们只受打，不还拳，我们用自己的痛苦使他们觉察到自己的不义，这样我们免不了要吃苦，一切斗争都是要吃苦的！自己受苦，意味着对人的信任和希望，意味着对人性中某种善端的尊重。这也是一条自我忏悔、自我纯洁之路。最后，如果你是正确的，你就会在经受重重痛苦之后取得胜利；如果你错了，那么受打击的只是你个人而已。"甘地将修道者的胸怀用于拯救世人，这就是菩萨道的"不为自己求安乐，但愿众生得离苦"。

我们生活在一个无力的时代，我们有思想、有语言，我们知道善良、正义的宝贵，知道修行的重要，但却不能将理念付诸行动。甘地的伟大处正是在于，如其所思，如其所言，如其所行。甘地会告诉我们：人是可以改变的，这便是修行的意义。只要把自己的生活变成一个不断实验的过程，从饮食、穿着、交通方式等最微小的事情开始，到精神、意志、行为方面的修炼，每天都试图进一步完善自己。有一天，我们会成为圣雄甘地，会成为佛陀。甘地尽可能地自己动手，他年轻时在英国就开始自己熨衣服，替自己理发，晚年还亲手下厨做他的不断调试的汤。他说："作为人类，我们的伟大之处，与其说是在于我们能够改造世界——那是'原子时代'的神话——还不如说是在于我们能够改造自我。"当然，这种身体力行是最可贵的，也是最困难的。但如果我们自己永远也不去做，那么还有什么可以抱怨的呢？

甘地的伟大之处，在于他不以仇恨的态度来对待周围的世界，而是运用"非暴力"来解决对抗。"非暴力"的理念基础是："我们所有的人都是一个整体。让他人受苦就是折磨自己；削弱他人的力量就是削弱自己的力量，削弱全民族的力量。"我们看到佛教缘起法的普遍价值意义，亦看到佛陀在《法句经》中所说的"于此世界中，从非怨止怨；唯以忍止怨，此古圣常法"。

佛陀常常赞叹"忍辱第一力"，"非暴力"是需要巨大勇气的积极力量。消除隔阂，将爱的力量加以推广，不是一件容易的事。"让恨者有爱最为困难。"但比这更困难的是，这首先意味着战胜自己，战胜自己身上的种种偏见和嫉恨，然后才能化解别人的怨恨。

所以，我们说，圣雄甘地，非暴力与力量同在。

不知，他在陵园的下面，看到我对他的解读，会不会向我说："嗨，罗摩！"

阿格拉——爱与恨同在

"爱有多深，恨就有多深。"这首流行歌曲的声音，一直回荡在我的耳畔，陪伴着我游览阿格拉的泰姬陵与红堡。

旅游车开到一个大停车场，然后又换乘电瓶车，没过两分钟，一座城堡便出现在眼前。经过安检，来到气势恢宏的陵墓大门前。17、18世纪的印度艺术开始受波斯的影响，融合印度耆那教建筑与波斯建筑的样式。高耸的拱门，修长而秀美，形成一种挺秀的建筑风格。通过拱门，视野豁然开朗。一条红石铺成的笔直通道，两旁是人行道，中间是一道清澈透明的流水，并有一个大水地，人行道两旁和水池四周栽植奇花异草，竹木浓荫。行人、树木、绿草和蓝天白云倒映在水池之中，好像又出现了一座奇景。在通道的尽头就是泰姬陵。

泰姬陵全部用洁白的大理石建成，一座优雅匀称的圆顶寝宫建造在正方形的大理石上，最上面是高耸饱满的穹顶。四周各有尖塔，据说略向外倾斜，若发生地震，则不会伤害到圆顶寝宫。寝宫的内部呈八角形，内分五间墓室，墓室的壁上装饰有五彩缤纷的宝石镶嵌而成的百合花、郁金香等植物图案。在中间的那座墓室里有一道大理石围栏，围栏内有两具名贵的大理石石棺，这就是国王沙杰汗和妃子泰姬的棺材，在石棺上有许多彩色宝石和浮雕。洁白的大理石用繁密的纹饰调和，独特的几何纹饰铺排在寝宫的外墙上，无始无终，仿佛是沟通天堂的波线。一切显得精细而不腻味，繁复却又单纯。

两次来到泰姬陵，最大的感受就是它太美了，美得你几乎挪不动脚步。第一次是上午，泰姬陵褪去银色，太阳从尖塔的后面渐渐升起，金光四射。泰姬陵的倒影在平静的水面，华丽而迷人。第二次是下午，夕阳下的大理石染上霞光，倒映在水中，像一块巨大的粉红色宝石。

美丽的泰姬陵，诉说着那个伟大的爱情故事。有一句话说，世上各地的爱情故事结构都颇相似，差异只在细枝末节，完全不一样的只有主人公的面容与语言。而因为这是莫卧儿王朝的沙杰汗与王妃泰姬玛哈的故事，所以也就不一样了。公元1631年，国王最喜欢的妃子泰姬三十八岁，她已经生了十四个孩子，这一年她随沙杰汗出巡时，在途中生第十五个孩子时难产去世。临终前她留下遗言：一、好好抚养孩子，二、沙杰汗终身不娶，三、为她建造一座美丽的陵墓。沙杰汗为实现泰姬的生前要求，费时二十二年，耗资四千多万卢比，为她修建了这座举世无双、规模宏大、印度最美丽的建筑。后来，沙杰汗决定在泰姬陵用黑大理石再建一座陵墓，以一桥相连，表示生死永不分离。这时，儿子奥伦泽布利用兄弟自相残杀的机会夺得王位，并将沙杰汗幽禁在阿格拉堡。最后，奥伦泽布将他和其爱妃并葬于泰姬陵内。正如泰戈尔在诗中写的："你容许你君主的权力化为乌有，沙贾汗啊，可你的愿望本是要使一滴爱情的泪珠不灭不朽……"

阿格拉堡位于亚穆纳河畔的小山丘上，距泰姬陵约十五公里，全部采用红砂岩建造而成，故又称"红堡"，与首都德里的红堡齐名。阿格拉是莫卧儿王朝的首都，费时八年，终于在1573年建成了这座古堡。我第一次有幸进入这座古堡。它方圆1.5平方公里，外形非常雄伟壮观，城内的宫殿，虽经历漫长的岁月，多已失修，但画梁和墙壁上精巧的雕刻与设计，仍隐约保存着昔日富丽堂皇的风貌。堡内有著名的"谒见之厅"，是莫卧儿王朝帝王接见大臣、使节的地方。另有加汉基尔宫、八角瞭望塔和莫迪寺等建筑物，用纯白色大理石建筑而成，精致典雅。加汉基尔宫是城堡中的重要建筑物，宫内大院四周有二层小楼环绕，宫墙金碧辉煌，彩画似锦。阿格拉堡有一座八角形的石塔小楼，登临塔顶，极目远眺，可以看到举世闻名的泰姬陵，前面就是亚穆纳河，与阿格拉堡遥遥相对。据说，当年沙杰汗王被其儿子幽禁在这座古堡时，经常默默地坐在小楼中，怀着无限的思念之情，望向泰姬陵，似乎在倾诉他那一颗孤寂哀伤的心。亚穆纳河已经干枯了，不知那颗孤寂的心是否已经干枯？

白色的泰姬陵，红色的阿格拉堡，爱与恨同在，无形中放大了世间的爱与恨。泰姬陵与阿格拉堡，如同人们对印度文明的感觉：让人期待，但又复杂暧昧；在诱惑我们但又令人恐惧，在让我们想象的同时又令人怀疑。在丰富的表象下，一切的追究显得十分困难。但是，印度文明仍然在万种风情中流露着自己的纯美，对于别人似乎都视而不见，如同路边的奏乐者、舞蹈者，自娱自乐，自在地生活在自己的世界中。

瓦拉纳西——生与死同在

一个城市，又脏又乱，但又最令我向往甚至有种想住在那里的感觉的,便是瓦拉纳西(Varanasi)。瓦拉纳西位于印度北方邦恒河中游的瓦拉纳和阿西两河之间,在1957年以前叫贝拿勒斯,瓦拉纳西是由瓦拉纳和阿西两个印地语词拼成的。这里是印度教的圣地和印度教徒朝拜的中心。这个印度北方邦的城市相传由婆罗门教和印度教主神之一湿婆神(Shiva)建于公元前6世纪,拥有一千五百座以上风格各异的印度教寺庙,印度人心目中的圣河——恒河正流经这里。印度教徒人生四大乐趣———"住瓦拉纳西、结交圣人、饮恒河水、敬湿婆神"中,有三个要在瓦拉纳西实现。

马克·吐温说:"贝拿勒斯比历史还年迈,比传统更久远,比传说更古老,甚至比这些加起来更古老两倍。"玄奘法师在《大唐西域记》中记载:

> 婆罗疱斯国,周四千余里,国大都城西临殑伽河,长十八九里,广五六里。闾阎栉比,居人殷盛,家积巨万,室盈奇货。人性温恭,俗重强学。多信外道,少敬佛法。气序和,谷稼盛,果木扶疏,茂草霍靡。伽蓝三十余所,僧徒三千余人,并学小乘正量部法。天祠百余所,外道万余人,并多宗事大自在天,或断发,或椎髻,露形无服,涂身以灰,精勤苦行,求出生死。

今天在瓦拉纳西,人们会发现,历史真的在这里停滞了,一千多年过去,一切似乎都没有变化。

或许是瓦拉纳西太嘈杂脏乱了——满地的粪便，随地躺着等待死亡的老人，婆罗门手中此起彼伏的法器声与诵经声，空气中弥漫着焚烧死尸的气味，一切都让人不是很舒服。但是，第二次来这里，依然是那么激动，因为它最大限度地保留了印度人的生活传统。穿行于瓦拉纳西迷宫一样的小巷，观赏恒河边林立的印度教寺院，或租一条小船荡舟恒河，看印度人的日常生活，看每天上演的各种宗教仪式，看一对对新人牵手从大街走过，看一个个生命在此走向终点，人世间的生与死会在这里同在。我感觉自己的心在跃升，在恒河上空游荡和沉迷，每次都依依不舍地离开。

在印度，慢慢会习惯晚睡晚起，这是印度人的生活习惯。但是，在瓦拉纳西则完全相反，凌晨五点钟，来自世界各地的游客就会前往码头，本地的印度教徒也会到恒河沐浴。于是，寂静的瓦拉纳西，在昏暗的街灯与弥漫的烟雾中，突然热闹起来。突然，身后传来一阵热闹的乐器声，只见乐队后面有一男子骑马，身着鲜艳纱丽的女子也骑在马上——原来是结婚队伍。红纱丽像一团火，热烈而夺目，精美的刺绣上还缀满珠片，在街灯照耀下发出光芒。我看不清新郎和新娘的表情，只有那些器乐声代表着喜悦与欢乐。恒河是印度教徒的圣地，让它见证生老病死是每个印度教徒想得到的幸福和永恒，婚礼也不例外。恒河边举行的婚礼仪式，当然具有其宗教意义。因为结婚的目的是完成种种宗教职责，而男子必须结婚生子才有资格向祖宗供奉祭品。在结婚仪式上，夫妇双方为此念咒、祈祷、发誓，丈夫还对妻子明确说道："我为了得到儿子才同你结婚。"可见，像婚姻这样的世俗生活，仍然是宗教生活的延伸。

　　靠近码头的街道两侧，老老小小的乞丐静静地蹲着，见到游客，只是伸出一只只漆黑的手，令人不忍再多看一眼。路边偶尔会发现一些等死的老人们，身边放着一堆破烂的行李。依照这里的习俗，死在恒河岸边能免费火化，最后把骨灰倒入恒河，以终止无休无止的人生轮回，达极乐之境，能在天堂门口死去确实是幸福的。在西恒河有众多的焚化场，印度教徒死亡后，尸体以白布包裹成木乃伊状，覆盖着镶金线的黄红绸缎，被四五名大汉以竹子担架抬到焚化场的木柴堆旁。暮色降临时，婆罗门举行仪式后，便可以火葬了。肃穆的气氛、腾空的浓烟和空气中弥漫的刺鼻气味，最后，将一切都倒入恒河，岸边已经积了一堆黑灰色的物质，水面上漂浮着鲜花，偎依岸石，徘徊不去，十分凄美。一切都如几千年以前那样，按部就班地进行着，因为生死就是如此轮回不息。生死何等平淡，又何等匆匆；何等公平、何等庄严、何等快乐又痛苦地啃蚀我们。

　　码头人声鼎沸，印度教徒敲着法器，唱诵祈祷着，为沐浴举行仪式。在码头的几间小屋内，住着几位婆罗门教的苦行僧，确实如玄奘法师所说，"或断发，或椎髻，露形无服，涂身以灰"，禁不住地会拿起手中的照相机——但是必须先供养他们，若未供养他们，未经他们的允许拍摄他们，他们则会很凶地跑出来要钱。有时，禁不住会怀疑，他们是真正的修行者吗？也许，路边静静蹲坐的乞丐才是苦修者。

坐上船，马上上来两三个卖花灯的小女孩和小男孩，一小盆花中间，放置着一支蜡烛，每盘十卢比。大家都纷纷买了花灯，船到恒河的中央时，点燃花灯放在河面上，祈愿幸福与和平。船慢慢地驶向东岸，西岸是拥挤的城镇和悠久的历史，沐浴的人们越来越多，船也经常相互碰撞，灰蒙蒙的迷雾下，一切都显得迷离而又神秘。时不时有铜钟轮流拉响，叮叮当当，叮叮当当，一声紧似一声，不休不止，像招魂，像赶路。看着油腻的河水，想想这些无尽的灰烬中，或许有我们哪一世的身体。无论美、丑、穷、富，一切都会成为恒河边飞扬的一抹沙，一切沙土都曾经是我们自己。

喧嚣渐渐远离我们而去，便到恒河的东岸。这里渺无人烟，只有大片裸露的沙地，蔓延至目力不可及处。用双手掬起河沙，想起佛陀经常在经典中以恒河沙举譬喻，似乎一切都变得十分神圣。我们都纷纷买了小贩手中的瓶子，装上满满的恒河沙，毕竟这是恒河沙呀！我一个人沿着沙地往前走，河沙白茫茫一片，真干净。看着这些平常都是各种身份的人们，在这个时刻，手上都提着装恒河沙的瓶子，仿佛是天真的孩子。或许在大地的怀中，无老无小；我们都曾经是孩童，恒河显出我们的赤子之心，再老的人也会有天真的微笑。

这或许是恒河的神奇吧，喧闹与寂静同在，生与死同在，世俗与神圣同在，恒河承担了太多的净化功能了。印度教徒将自己的一生都交给恒河,于是人世间的肮脏、丑陋、死亡等种种不幸,都随着恒河水流向远方。这对于人来说,是一种释放;可是恒河毕竟是一种自然的存在,它似乎不堪重担,臭气永远弥漫在恒河上空,浑浊的河水有点像化不开的巧克力,这或许是文明与自然的矛盾吧!

天渐渐亮了,两次都没有看到美丽的恒河日出。似乎可以想象,旭日在晨雾中,会露出隐隐约约的红光,不会有耀眼的光芒,只会有安静的上升。一群群海鸥拂过河面,激起我们的欢呼,其实它们是来寻找焚化后的尸体的,总有一天,我们也是它们寻找的对象吧!回到码头,只见黑乎乎的一群人全都泡在水里,男人赤着胳膊,女人披着纱,不断地浸水、喝水。有些人洗完了,便在台阶上刷牙,这里没有人用牙刷,都是用杨枝,刷完后把水咽下,再清洗一下,这便是律典中记载的"嚼杨枝"。另外,有些人在码头边洗衣服,浮起的肥皂泡在飘荡着,又不知会进入哪位沐浴人的口呢?这种场面只有在印度才能找到,我们无法评价他们的行为与习惯,这就是印度文明的特殊性吧!

沿着恒河岸边的码头,排列着一只只大盖伞,伞下坐着婆罗门的祭师。他们有的三三两两,有的独身一人,面向恒河,木然端坐。有的身穿洁净黄袍,端庄平和;有的身披麻片,形容枯槁。他们招呼我们去坛里坐坐,可是没有人敢去,因为又要付小费的。而虔诚的印度教徒则会经常来到他们的跟前,听他们的唱诵、布道、祝福。曾见一个河坛的祭师在举行 Puja（净化）祭典，小供桌上放着神像和法器，两边坐着两位乐师，一个打鼓，另一个拉琴，边弹边唱。缓缓吟唱的诗篇，声音在喧嚣的恒河边飘荡，深情动听，高远处有淡淡的忧伤。人是渺小的，只能借助音乐将自己奉献给神，从而得到升华。中间的一位祭师站起来，手舞着宝剑，吹着海螺，低沉的海螺音传向恒河的东岸，飘向天堂的深处。于是，一切仿佛回到神话的时代，人与神近在咫尺，彼岸就在眼前。

第一次去时，参观了贝拿勒斯印度教大学（Banaras Hindu University），它是印度的一所公立中央大学。贝拿勒斯印度教大学，是一座专门研究印度艺术、文化、音乐和梵文的学府。校园非常宁静、美丽，许多学院前面都有自己独立的操场。印象最为深刻的，是在大学里面有一座教堂，分别供奉印度教、佛教、基督教的神像，以方便老师、学生举行宗教活动。可见，宗教生活对于印度人来说，是十分重要的。

有人说，印度教一直在恒河岸边徘徊，仿佛一个忧郁的思想者始终伫立在河畔，不忍离去；而瓦拉纳西就像一个耿直的老者，精神矍铄，没有一丝颓然的迹象。漫步在街道上，有种害怕踩到牛粪的恐惧，又有种好奇的兴奋，这便是我们对印度文明的感觉吧！

鹿野苑——初转法轮处

从瓦拉纳西往北开车十公里,到了一个林木葱郁的地方,这便是鹿野苑。鹿野苑位于恒河与波罗奈河两大河流之间,树林繁茂,鸟兽温驯,是一个静寂幽雅的修行地。一位国王喜欢到这里猎鹿,鹿群死伤无数。鹿王为了保护鹿群,前去与国王协商,每天安排一头鹿供国王猎杀,其余的鹿就躲起来。有一天,轮到一头怀孕的母鹿,鹿王悲悯,自己亲自代替前往。国王见到鹿王,听了缘由,非常惭愧,于是不再猎鹿,辟出一片森林,供鹿群自由的生活,所以鹿野苑又称为"施鹿林"。

鹿野苑是佛陀为五比丘初转法轮的场所。佛陀经过六年苦行后,认为苦行无助于解脱,于是接受牧羊女的供养,在菩提迦耶的菩提树下坐禅,当年的五位修行同伴便离他而去。佛陀觉悟后,便到鹿野苑寻找五位同伴。佛陀为他们开示了四谛、八正道的真理,他们如闻而修,证果而获得解脱。佛陀觉悟宇宙人生的真理,并不以自己的生命达到美满究竟而停止,他将众生的痛苦作为自己的痛苦,因此才会说法教化众生。

鹿野苑在玄奘去印度的时代极为繁荣,《大唐西域记》卷七记载:

婆罗疭河东北行十余里，至鹿野伽蓝。区界八分，连垣周堵，层轩重阁，丽穷规矩，僧徒一千五百人，并学小乘正量部法。大垣中有精舍，高二百余尺……精舍之中有鍮石佛像，量等如来身，作转法轮势。精舍西南有石窣堵波，无忧王建也，基虽倾陷，尚余百尺，前建石柱，高七十余尺，石含玉润，鉴照映彻，殷勤祈请，影见众像，善恶之相，时有见者，是如来成正觉已初转法轮处也。

公元 13 世纪左右，由于受到回教徒的入侵与印度教徒的摧毁，此地遂成废墟。经近代多次考古发掘，有阿育王时代（公元前 3 世纪中叶）到 12 世纪所建之建筑遗址及甚多雕刻品出土。1794 年，当时的贝拿勒斯城官吏拆除其中的一座大塔，曾经发现两个盒子，一为砂岩制，一为云石制，里面所存即是佛舍利，均被扔在恒河中，真是十分可惜！

进入鹿野苑的大门，只见一片空阔的土地上，用砖头堆积成种种建筑物的遗址，似乎可以想象当年"台观连云，长廊四合"的盛况。在中央部分，仍然有石头的门槛，精美的纹饰在诉说着久远的历史。在一片残垣内，石头上贴满了金箔，围成精舍的样式，据说这是佛陀雨季安居时的精舍。旁边有一个亭子，里面有一根断残的阿育王石柱，里面刻着阿育王的铭文。眼前的一切都无法让人联想到这是佛教的圣地，除了来自世界各地的佛教徒和游客，只有那些本地的成年人或小孩子，手持着一尊小佛像，神秘诡异地告诉你，这是鹿野苑某个地方原来的佛像。一切显得非常冷寂，或许这是佛教创立之初的朴素状态。

佛陀的初转法轮处，是以古老的红砂石砖砌成的讲坛。讲坛边沿，是四座长长的坐墩，或许是五比丘听法的地方。讲坛的砖头随处被贴上金箔，或被香熏得黑黑的。这是佛教史上最伟大的演讲——初转法轮处，古老的砂石承载了太多的真理，阳光照在身上，长长的影子投在台上，会突然想起这是"幻人说幻法"吧！

鹿野苑现存最大的建筑物是转法轮塔，叫达麦克塔，建于孔雀王朝，笈多王朝时曾予重修。塔的上半部呈黑褐色，下半部是灰白色，因为佛教衰微之后，鹿野苑和塔的下半部都被湮没了，上半部露出地面而蒙上尘垢。塔上雕刻花纹，有中国式方形雷纹，有印度式卍纹，有阿拉伯式卷涡藤蔓纹，具有笈多王朝建筑物的特点。所有人都会来这里绕塔，也会有一些佛教徒在草坪上静坐或拜塔，或在这里诵经。这里没有缭绕的香烟，没有钟声或磬声，没有佛像殿堂，偶尔有诵经声飘过空荡荡的废墟，传往远方。这样安静，这样简陋，这样洁净，似乎在说明佛教的理性精神吧。

鹿野苑旁边有考古博物馆，藏品十分丰富而且珍贵，大都是在鹿野苑发现的文物。最珍贵的是阿育王石柱的柱头，已经成为印度国徽的图标。柱头高约两米，上刻四首狮子一个，面向四方，身连一处，神采栩栩，雕刻之纤细优美，令人赞叹不已。石呈青灰色，滑腻如镜，光泽似玉，确如玄奘法师所说："石含玉润，鉴照映彻"。另外是转法轮印佛坐像，两手在胸前，屈指作诀，作转法轮印，仿佛想解开众生心中的千千结；身着薄衣，身体轮廓明显可见，姿势优美而且华丽，平静的脸庞露出神秘的微笑，蕴藏着无尽的力量。佛像两目下垂，背有圆光，光上也有图案雕饰。圆光两侧，各有一飞天，作供佛状。佛座之前，浮雕五比丘像及一施主像，法轮在其中央。另外还有观世音菩萨石像和弥勒佛像，都十分精美。

每一个人都在看，每一个人的表情都很美，不一定要知道每一尊佛像的故事。有的会很深沉，有一种滤去激动的理智；有的会很热情，有一种久别后的激动。种种的众生心，唯有佛陀尽知尽见。

寂静的鹿野苑，每一个角落都有一个故事；夕阳下的鹿野苑，只有修行者在不断地绕塔，不断地礼拜，一颗颗晶莹的泪水，会湿透塔下的每一块石头、每一片土地，会滋润每一棵小草。面对佛陀，只有眼泪是更好的礼物，来自心灵的礼物，献给最伟大的佛陀。

菩提迦耶——佛陀觉悟成道的圣地

从佛陀的一生来说，其诞生地蓝毗尼园（Lumbini）、悟道之处菩提迦耶（Bodh Gaya）、第一次五比丘讲说佛法的鹿野苑（Sarnath）以及涅槃之地的拘尸那迦（Kushinagar），被称为四大圣地。

从瓦拉纳西到菩提迦耶，大约有三百公里，但是汽车却跑了八小时，可见印度交通状况亟待改善。漫长的车旅中，可以静静地欣赏窗外的乡村风光，一望无垠的平原、绿油油的农作物、笔直的棕榈树，一片热带地区的风貌。

菩提迦耶现在是世界著名的旅游小镇，来自世界各地的朝圣者和旅游者，尤其是藏传佛教的喇嘛，汇聚在这座小镇。朝圣者的增多，促进本地的旅馆业、商业的发展，沿着大街两边的摊子都是卖佛教的法器、纪念品等。可能由于佛教徒的慈悲，印度各地的乞丐也汇聚此处，菩提迦耶的出家人定期将供品布施给乞丐。

玄奘法师至菩提迦耶的时候，当地非常繁华。《大唐西域记》卷八记载：

> 前正觉山西南行十四五里，至菩提树。周垣垒砖，崇峻险固，东西长，南北狭，周五百余步。奇树名花，连阴接影；细沙异草，弥漫绿被。正门东辟对尼连禅河，南门接大花池，西厄险固，北门通大伽蓝。墙垣内地，圣迹相邻，或窣堵波，或复精舍，并赡部洲诸国君王、大臣、豪族钦承遗教，建以记焉。

今日的菩提大塔,即由阿育王始建,但是当时较小。6世纪时,由阿摩罗婆罗门重建。1306至1309年,缅甸佛教徒重施修造。1877年,印度政府依古时石模型而改建,至1884年竣工。现存的菩提大塔,即是累次重修的建筑。

现在的菩提迦耶是世界佛教的汇聚地,各国僧侣在此修建了泰国寺、缅甸寺、斯里兰卡寺、日本寺、中国汉式和藏式等不同风格的寺院,展现了各国建筑艺术的风姿。

第一次到菩提迦耶时,已是黄昏,导游没有带我们进去。于是,我们在迦耶城内漫步,成群的喇嘛、乞丐,顶着篮子的妇女,街边的工艺品小摊,阳光洒在小镇的路上,晕红了每个人的脸。在街上,通过栏杆,我们可以看见塔顶,塔在繁华的街道那边,是一个寂静的觉悟,这或许是生命的真正归依处吧!菩提大塔与我们的距离,似近又远,我们看得见,触不着,我们知道自己在观望,观望着这渴切的心。不知黑夜降临到菩提大塔,明星悬挂在高空时,多少人会悟到黑夜的界限,会悟到烦恼如何转成菩提?

一进入菩提大塔的院落,会强烈感受到佛教作为宗教信仰的热情,红的、黄的、黑的,各式袈裟在这里呈现,各种语言混融,到处都是礼拜、绕塔的信徒,空中飘荡着各种语言的诵经声。中央的菩提大塔,塔高约五十米,形如金字塔,底部为边长十五米的正方形,向上逐渐收缩,顶部呈圆柱形,上立一铜制螺旋形圆顶。塔的四壁,都是大大小小的佛像。大塔的四角各有四座小塔,到处都是石雕的小塔,成列为栏。

大塔的内部，便是佛殿，佛像前有一佛足影。第二次去菩提迦耶时，我用最快的速度走进佛殿，虽然是出于我的分别心，如莲花色比丘尼运用神通亲近您一样，但我确实想多看您几眼，静静地，没有人打扰，发现您那隐藏的慈悲和无尽的包容，有一种笑容，从复杂回归到最单纯。

狭小的空间，犹如维摩诘的丈室，容纳了世界各地佛教徒的信仰，大家会情不自禁地奉献出所有的虔诚，身体的礼拜、财物的布施、念诵经典佛号，一切可以表达的形式都会在这里看到。大家一起诵念《心经》吧，奇妙的共鸣回响，穿过塔尖和无始以来一切众生的呼唤，合而为一，化入佛陀慈母般的呼唤中，仿佛溪流奔向海洋，宛如一滴奇妙的泪水化入恒河。塔外的走廊里，有一堆喇嘛和南传、汉传的僧侣，在不断地念经、持咒，或许在圣地修行更易感受到佛陀的加持力吧！

菩提大塔的四周外围，有石栏围绕。这些石栏，有些是阿育王时代的文物，有些是后来的仿制品，必须有人指点才能知道。残存的古代石栏，雕镂精工，构图朴美，有女首的马、鱼等图，这些是印度神话传说的内容。

塔西侧是著名的菩提树，佛陀即在此树下得道成佛。《修行本起经》说："高雅奇特，枝枝相次，叶叶相加，花色蓊郁，如天庄饰，天幡在树顶，是则为元吉，众树林中王。"菩提树受到佛教徒敬仰，其枝也曾多次被折，代表佛陀送往世界各地的佛寺供养，繁衍滋生。阿育王时代，他的女儿僧伽密多折下一根菩提树枝,带至斯里兰卡种植。菩提迦耶现存的菩提树是从斯里兰卡移植回来的,后来在 1870 年,又被大风刮倒,现在的树据说是原树的"曾孙"。菩提树依然茂盛,圆圆的树叶是佛教徒心中的圣物,多么希望自己在礼拜时,突然有一片菩提叶刚好掉在头上,因为那是佛陀给予我的启示与加持;可是,自己福慧浅薄,没办法得到这一圣物。菩提迦耶满大街都有卖菩提叶,可是谁又能肯定那是真正的菩提叶——哈哈!又是众生的分别心吧!

菩提树下有一个金刚座,被铁栏杆围起来,那便是佛陀当年坐禅悟道的地方。金刚座紧邻大觉塔的后壁,传说底下是金刚造成,贤劫中千佛出世,都会在此菩提树下金刚座上入金刚定,证无上果。我们来此献上迟到的礼拜,仰起头来似乎感觉到世尊静默中的安慰:忆佛、念佛,现前当来必定见佛。一种历生累劫的愿望,会在那一刹那一下子突然迸发,这便是信仰的力量。金刚座与菩提树,在静静地重播着当年佛陀成道时的感言:"奇哉,奇哉,大地众生皆有如来智慧德相,只因妄想执著不能证得。"

菩提大塔周围有太多的圣迹,佛陀的站立处、经行处、成道后第几个……我们都无法记住。菩提树的南门,有一根阿育王石柱,铭文已经磨灭不清,上面贴满了金箔。许多藏传佛教徒将自己的头贴在石柱上,或许会有感应吧!石柱的不远处,有一大池,池水清澈,上面塑有佛陀、龙、鱼等像。依《大唐西域记》的记载,南门外有许多大池,不知这又属于哪一个？

整个菩提大塔都沉浸在花与灯烛的海洋中，这不是谄媚，也不是趋炎附势，这是一种虔诚；或许有人会说，可将那些钱都布施给外面的乞丐，让那些贫穷者得富有。可是，真正的贫穷是内心的贫穷，乞丐也能献上自己的花与灯烛，也能改变自己的命运。

我们在寻找、在凝视这静静矗立的大塔，大塔上的佛像，只给我一个淡淡的微笑。一位记者手持着鲜花，奉献给伟大的佛陀，花的香气也许并不馥郁，但佛陀一定会用兜罗绵手加持这位虔诚的佛子。佛陀永远不会嫌弃我们的微薄，贫女一盏灯，能灭千年暗。在您面前，我永远是一位腼腆的孩子，因为我老是做错各种事情，虽然知道您不会怪罪我，可是那一念的忏悔会不禁涌起。

我不断地举起手中的照相机，仿佛想把这里的每一片叶子、每一根树枝、每一尊佛像，都带回去，有时会想：一个佛子，会抛弃许多东西，可他也是最多情、最深情的。在这里，各国的朝圣者都带着微笑，一声声"阿弥陀佛"、一声声"唵嘛呢叭咪吽"，都会穿过彼此的心，将我们贯串在一起，我们只不过是叫不出对方的名字，其实我们早已在千年、万年前就已经认识了。看到许多喇嘛额头上有一个个的疤痕，那是五体投地礼拜的结果，我们都没有付出那样的努力，请让我们对他们表示恭敬与虔诚吧！

恋恋不舍地离开菩提迦耶，那种无尽的召唤会让你不断地回头，不断地回忆，不断地回想……

尼连禅河——牧羊女供佛的地方

　　离菩提迦耶不远的地方，有一条河叫尼连禅河，河水已经干枯，美丽的白沙仍然能引起无限的遐思。尼连禅河在雨季时，仍然是一条清澈的河。《方广大庄严经》卷七记载："视见尼连河，其水清冷，湍洄皎洁，涯岸平正，林木扶疏，种种花果鲜荣可爱，河边村邑处处丰饶，栋宇相接，人民殷盛。"释迦太子经过五六年的寻师访道后，来到尼连禅河的森林里修习苦行，日食一麻一麦，目陷鼻高，颧骨显露，身形消瘦，面目全非。太子逐渐明白，苦行苦了肉体，反而执著肉体了，不能断除烦恼妄想，不能断灭情欲、生死，是不能解脱的。于是，太子走下尼连禅河，让长年清净的流水洗去身上的垢秽；但是，身体瘦弱的他，疲乏无力地倒在尼连禅河边。这时，牧羊女看到他，生起同情心，手捧乳汁前来供养太子。饮后，五体通畅，身体各部的机构，都渐渐地恢复了气力。于是，释迦太子渡过尼连禅河，在菩提迦耶的菩提树下，一心正念端坐，终于悟道了。

　　第一次去菩提迦耶时，导游带我们前往瞻仰牧羊女塔。依玄奘法师的记载，有关牧羊女的塔，有三个：一、牧羊女的故宅；二、牧羊女煮糜处；三、如来受糜处。到菩提迦耶，只行了十分钟的路程，便进入牧羊女的村落，美丽的田园风光呈现在眼前。牛羊相伴，茅舍村庄怡然自得，阳光明耀，天空如碧。终于，在一座大塔前停下来了，据说这是近几年刚发现的，上面还有人在打扫塔上的灰尘。围上来一班小孩，热情地和我们打招呼，原来是向我们化缘，劝我们支持他们的学校。那种真诚与热情让人无法推却，最后只好将自己包里所装的几十支笔、巧克力、糖果统统给他们了，算是对他们的祖先曾经供养佛陀的回报吧！夕阳上的大塔显得十分孤寂，只有我们几位游客，还有这些孩子，与菩提大塔的热闹形成强烈的对比。在牧羊女塔的附近，在一棵树下，有一个小小的佛龛，中间塑着佛陀像，两边便是牧羊女，据说这是如来受糜处。尼连禅河边有一棵大树，据说是如来当年修苦行的地方。菩提树的旁边，便是乡间的石子路，尘沙飞扬，然后就是尼连禅河。一条河、一条路，承载着觉悟伟大真理的过程。

我一直想买一尊佛陀的苦行像带回中国，可是因缘一直未能具足。佛陀的六年苦行，对于觉悟来说，是至关重要的过程，因为觉悟便是反省自己，明白了，放下了。佛陀通过自己的修行，觉悟了宇宙人生的真理，引导、教化我们。他，将是我们无穷生命中的唯一伴侣，永远用智慧的锁匙，解开封闭的心灵。请应允我的祈求，佛陀啊！在我与世间的游戏中，永远不会失去与您接触的福祉；我也会用我生命的每一份力量，传播您的教法，让每个人都会得到您的福祉。

灵鹫山——佛陀说法的地方

灵鹫山,一个太过熟悉的地方,我们经常会在经典中读到"如是我闻,一时佛在王舍城耆阇崛山中"。第一次去灵山,是一个阳光明媚的上午,大山如黛,静静地诉说着千年的梦;第二次去灵山,是一个烟雨蒙蒙的下午,雨中的灵山如同佛陀的泪珠,湿透了每个人的梦。不一样的灵山,一样的灵山,一切都会非常熟悉,因为或许两千年前,我们都是灵山会上的闻法者。

一样的灵山,一样的树,一样的小草,一块块石头记载着每一位求法者的历史,可知道无数"宁向西天一步死,不向东土一步生"的玄奘法师吗?我们能够听经闻法,这是无数佛菩萨的血泪,三千大千世界,无数的菩萨为我们舍生。念此,忆此,脚下的石头路变得柔软,身上充满着力量。

灵山路的两边,一个个乞丐裹着头,有时还会有猴子出现。我们和他们都是灵山会上的同学,让我们深观苦、集、灭、道的真理吧!没过多久,在路边便出现几个石洞,这些都是舍利弗等大阿罗汉曾经入定的地方,洞中的灯烛发出一点光芒,香正点燃着,进去礼拜后,静静地坐一下吧,或许我们所坐的是哪位大阿罗汉的座椅呢?

再往上爬吧!修行的道路是不能停下来的。眼前的几块石头变得神秘了，如鹫鸟站在山顶，静静地看着我们。请记住玄奘法师的记载："接北山之阳，孤标特起，既栖鹫鸟，又类高台，空翠相映，浓淡分色。"石头围成一个平台，那就是佛陀的说法处。望着颈上挂满花环的佛陀，湿透的衣服没有挡住每位求法的心，顶礼、旋绕、瞻仰……一批韩国佛教徒围在一起，诵了一段《心经》。我静静地坐在石头上，看着每位庄严的菩萨，听着这千古的奇音，飘向恒河，飘向喜马拉雅山……于是，福建福清有鹫峰，杭州飞来峰有灵鹫山，四川也有灵鹫山……

不用着急地离开，我们都是大千世界的一颗微尘，漂泊在这个虚空中，今天我们投入佛陀伟大的怀抱中，这就是"芥子纳须弥"。雨很大，会洗净所有的尘垢，从此我们会拥有一颗清净的心，踏上一条洁净的道路。于是，每个人都有自己的誓愿，都会得到一种激励的力量。

走下灵山路，你会发现成佛的路途并没有想象得那样遥远；此岸与彼岸同在我们的一念间，生与死同在一刹那间，菩提就在我们的烦恼中。灵山上的石头都在说着无言的大法，让我们接触那些石头，让那些石头凉透我们的心吧！我们都是朝圣路上的一个孩子，我们都没有长大。伟大的佛陀！请原谅我的生命涂满了错误的线条。灵山路边的树，当我一错再错时，请您洒下一颗雨珠，给我一个光明的提醒！娑婆世界的道路永远比灵山的路更崎岖，希望自己能够勇敢地爬起来；希望灵山会上的佛菩萨，在我迷失方向时，大声地叫我一下:"孩子,回来吧!"

回首仰望灵山,凝神谛听,谛听这静默的呼唤!

频婆娑罗王囚禁遗址——未生时已结下的怨恨

从灵山下来,在去王舍城的途中,经过一座囚禁频婆娑罗王的监狱遗址。厚重的城垣,记载着一个千年的怨恨;这种怨恨,竟然会在未生便已结下。

频婆娑罗王一直未生太子,一位相师告诉他,山中有位修道仙人命终后,将投生作太子,但是仙人三年后才会死去。于是,求子心切的频婆娑罗王,命人杀死仙人,王后便怀孕了。频婆娑罗王请相师占卜,被告知太子将对他和国家不利,于是他等太子出生时,欲摔死太子。谁知太子从高楼落到地上,只摔断了一个小指,并没有摔死。于是,频婆娑罗王给太子取名叫"未生怨",即是后来的阿阇世王。后来,太子受提婆达多的挑拨,发动政变篡夺王位,将父王囚禁幽闭在七重门的囚室里,断绝饮食,派士兵守卫,国内臣民,任何人不能入内。王后韦提希夫人十分敬爱国王,偷偷地将身体沐浴清净,把酥油蜜和炒面涂在身上,又在璎珞等饰物中盛满葡萄浆,前去探望国王。见是王后,守卫者不敢阻挡。佛陀也派遣弟子富楼那,为国王传授佛法。阿阇世王得知母亲带食物给国王，命令卫士将母后囚禁于深宫，不得与父王相见。王后囚禁于深宫，老国王得不到饮食，过了七天便死去了。后来，佛陀为韦提希夫人说法，即是《观无量寿经》的内容。

一切都已经过去了，那监狱似乎告诉我们：属于我们的，不用着急去获取，在成功面前，要拥有耐心；人生的一切，都有其因缘。接受人生，看破，放下，然后才能自在。

王舍城——一座佛陀曾经生活的城市

一座古老的城市，一个千年不变的名字——王舍城，于是一切都变得如此古老。走在街上，一辆辆马车擦身而过，大象与我们同步，时光倒流，回到两千年前。

在王舍城北门，有座"竹林精舍"（Kalandaka Venuvana）。据《大唐西域记》卷九载，有一大长者迦兰陀，时称豪贵，以大竹园布诸外道。见到释迦牟尼佛后，深起信心，乃将外道逐出，在竹园中建立精舍，请佛居住。现在，竹林仍然生长茂密，漫步于竹林掩盖的小径，想着要是佛陀那班人仍然住在这里，而又能允许我也住下来，那该多好！竹林精舍现在已经没有任何建筑物了，昔日的精舍已经变成每个人心中的建筑物，请给自己的心盖一座寂静的精舍，即是解脱。

迦兰陀池塘仍然清澈如镜，双手捧起清水，放入口中，清甜入心。这是当年佛陀沐浴的圣水,你能不激动吗?其实,一样的水,一样的竹子,只是每一滴水、每一片竹叶,都有佛陀的故事,一切就变得不一样了,这就是信仰的力量。

那烂陀——曾经辉煌无比的大学

那烂陀,一朵美丽的莲花,盛开在巴特那县内的旧王舍城西北约十一千米处的巴罗贡村。据《大唐西域记》载,当地的森林水池中有名为那烂陀的神龙,寺因此得名。据说佛陀曾在此宣法,涅槃后不久,帝日王在此建寺,佛教史上的大众部僧侣曾在此举行了第三次结集活动。大乘佛教学者龙树、无著、提婆、世亲等人也在此修业讲学。学者认为寺当建于5世纪左右。先后有六位印度国王参与了建寺工程,使寺的规模日增,有六院、七院或八院之说。最盛时方圆四十八里,南北数十所寺院,常住僧侣四千人左右,加上客人等,有万余人在此居住。玄奘描绘该寺:

> 宝台星列,琼楼岳崎,观束烟中,殿飞霞上,生风云于户墉,交日月于轩檐,羯尼花树,晖焕其间,庵没罗林,森疏其处……印度伽蓝数乃千万,壮丽崇高,此为其极。

因此，那烂陀寺在印度佛教史上据有重要地位，有"最高学府"之称。寺内藏有丰富的书籍，曾经培养出很多有名的佛教僧人。据载，当时亚洲各国的僧人都来此求学，中国著名僧人玄奘、玄照、义净、智弘、无行、道希、道生、大乘灯和新罗僧慧业等都留学于此。玄奘在此学习十数载，掌握了佛教大小乘理论，并受戒日王的委托，辩赢了外道，声誉五印，获得"大乘天""解脱天"的称号。寺内制度严格，凡要来寺参学者，须经辩论后，赢者才可入寺学习，否则"多屈而还"。僧人在寺学大小乘佛典，兼学因明、声明、医方、术数等各种知识。那烂陀寺的印度僧人对藏传佛教的建设起过重要作用。中兴藏传佛教的印度僧人寂护、莲花生等皆为那烂陀寺僧。

13世纪左右，那烂陀寺毁于穆斯林军队的战火，僧人大多逃亡国外。以后曾一度恢复，但不久又遭毁灭，终于湮灭于杂草丛中。1861年，遗址被发现。1915年，印度政府考古局根据玄奘的记载，做了挖掘工作。新发掘出来的遗址是一片红色砖石砌成的建筑群，中心是一残塔，原高七层，现只剩四层。每层有很多巨大石柱，上面雕有姿态万千、栩栩如生的佛像，周围有花纹刻饰。塔东延展一排排僧房遗址，西边为一排排残存佛塔，共有十二座僧院。遗址中还有讲经用的庭院厅堂，出土了数千件精美铜像、铜盘、印章等文物，其中一枚刻有"室利那烂陀摩诃毗诃罗僧伽之印"的公章完整无缺，甚为珍贵。这些文物现已收藏在当地博物馆内。

1956年，印度政府计划重新恢复那烂陀的光彩，新建了那烂陀寺，开办了巴利研究所。

两次来到那烂陀，都是在风和日丽的日子。一进门，便可以感受到昔日巍巍的风采，绵延数十里的建筑群，依照戒律而建筑的一间间寮房，至今仍然保存的大灶、大井等东西，每一样都扣人心弦，可以想象成千上万比丘在此学习的盛况。面对这些断垣残壁，再想想当时的辉煌："僧徒数千，并俊才高学也。德重当时，声驰异域者，数百余矣。戒行清白，律仪淳粹。僧有严制，众咸贞素，印度诸国皆仰则焉。"辉煌带来震撼，残垣引发伤感，"昔人已乘莲花，此地空余那烂陀"，这就是那烂陀。可是，谁来重整昔日的辉煌灿烂？真有"今人不见古时月，今月曾经照古人"的感慨。

玄奘——一个人带出一个时代的精神

面对那烂陀，想起它的辉煌，我们都会想起一个人——玄奘法师，时任国家宗教事务局齐晓飞副局长精辟地概括——一个人带出一个时代的精神。

当我们恭览各种西行求法高僧的传记时，眼前出现近七百年前赴后继的求法之路，那是中华民族最神圣、最壮烈的时空走廊。每一个名字，都如金子般嵌入中华民族的脊梁。当我们随意地翻阅经卷时，当我们利用电脑随意地检索时，我们能体会出圣教东来的艰辛吗？那每一个字，是用多少生命的尸骨才换来的。让我们看看义净法师的求法诗吧！

> 晋宋齐梁唐代间，
> 高僧求法离长安。
> 去人成百归无十，
> 后者焉知前者难？
> 路远碧天唯冷结，
> 沙河遮日力疲殚。
> 后贤若不谙斯旨，
> 往往将经容易看。

求法僧的芒鞋爬过崇峻的雪山，跨过茫茫的戈壁滩，破除生命的束缚，超越中印文化的障碍，将佛陀的法音带到中国。他们用生命诠释了自己的行愿，用生命带出了一个时代的精神。

玄奘法师，人们或许只知道《西游记》中善良而又懦弱的唐僧，或者是《大话西游》中那位唠唠叨叨的师父。在一个信仰匮乏、缺失的时代，我们除了感叹世风日下以外，是否还能回顾一下超越古今的精神，让我们知道除了赚钱、享受之外，还能知道人性竟是如此完美、和谐，生命之光竟有如此澄明之境。

一位书香子弟，宿具胜缘，十三岁便能怀慕道之志，便能树立"远绍如来,近光遗法"的行愿。有时,一代伟人从一开始就有伟人之相吧!在隋末战乱的年代,玄奘开始了云游参访的生涯,二十六岁的他已经是当时有名的青年俊杰,但是面对南北朝佛学界思想的混乱,他无所适从。于是,溯回到源头的愿望猛然生起,为求无上法,决意孤征。

可是,玄奘法师没有得到大唐王朝的支持,他冒死违令西行,没有人送行,还要躲避追兵的缉捕,因为这是"偷渡"。法师坦然面对旅途的种种障碍,出玉门关,孑然一身,大漠孤烟直,孤僧万里游。茫茫的风沙会吞没人世间的一切,酷热会烧烤着瘦弱的肉体,可是他的誓愿——"宁肯死于大漠中,也不向东退一步",支持他继续地前行,前行。一切生命的奇迹,来自生命的誓愿,戈壁与沙海都会融入生命的激流。

从长安孤征出发,抵达印度,经过了四五年的时间,他终于来到当时的那烂陀。他求法不倦,遍习瑜伽、正理、中论、百论、集量论以及印度各派哲学思想,遍礼佛陀当年圣迹。他,著《会宗论》,融通空有;立"真唯识量",破斥大小乘各种邪见。他,获得印度大小乘学者的尊敬,大乘学者公推法师为"大乘天",小乘学者立法师为"解脱天"。一位中国的高僧,能如此感动印度的国王和人民,正如唐太宗赞叹:"松风水月,不足比其清华;仙露明珠,讵能方其朗润;超六尘而迥出,只千古而无对。"

贞观十九年(645),他结束十九年的跋涉和参访的生涯,回到了曾经学习、弘法的长安。一位曾经的"偷渡客",回到祖国时,竟然获得五十万人的夹道欢迎,这在中外文化交流史上绝无仅有。他拒绝了种种世俗的干扰,专注于翻译经典,培养僧材,译出佛典一千三百多卷。他撰写了《大唐西域记》,成为了解西域、印度各国的唯一可靠史料。

现代人多以翻译家、学问家、旅行家来评价玄奘法师,他的本质是一个僧人,是一位宗教家,他一生的跋涉、修学、翻译、旅行,都是为了完成一个神圣的使命。他以信仰为生命,以生命为实践,建立了一个时代的精神丰碑。

玄奘纪念堂的修建——五十前中印佛教交流的见证

"玄奘纪念堂"是20世纪50年代中国、印度两国佛教交流的见证物。1947年,印度独立。1950年4月1日,中印建交,印度总理尼赫鲁和中国总理周恩来亲切会面,揭开新时期中印友好交往的序幕。50年代,中印在教育、经济贸易、文化上都有着密切的交流,这段时间被称为中印交往的"蜜月时期"。中印佛教界之间的交流非常频繁。

1954年4月29日,中国政府和印度政府为了促进中国西藏地方和印度之间的通商贸易和文化交流,并便利两国人民互相朝圣和往来起见,基于"和平共处五项原则",在北京签订了《中华人民共和国和印度共和国关于中国西藏地方和印度之间的通商和交通协定》。《协定》第三条为专门关于便利两国人民互相朝圣的规定，其原文如下：

第三条　关于两国香客朝圣事宜，缔约双方同意按照下列各款的规定办理：

一、凡属印度的喇嘛教徒、印度教徒和佛教徒得按惯例往中国西藏地方的康仁波清（第拉斯山）和马法木错（玛那萨罗瓦湖）朝拜。

二、凡属中国西藏地方的喇嘛教徒和佛教徒得按惯例往印度的贝纳拉斯、鹿野苑、加雅和桑吉四地朝拜。

三、凡按惯例往拉萨朝拜者，仍依照习惯办理之。

1954年10月17日，以乌玛·尼赫鲁夫人为首的印中友好协会访华代表团一行三十三人到达西安后，参观了象征中印悠久友好关系和文化交流的古迹——兴教寺和大雁塔。他们对唐代高僧玄奘驻锡的兴教寺和大雁塔印象极为深刻。乌玛·尼赫鲁夫人在玄奘和尚墓前献了花圈。他们还参观了庆仁寺、陕西省图书馆珍藏多年的藏经。同时，应我国政府邀请前来访问的印度总理尼赫鲁先生到京后，于10月21日上午偕同他的女儿英迪拉·甘地夫人和随行人员，在北京参观游览了天坛、雍和宫和故宫。在雍和宫，尼赫鲁总理等参观了永佑殿的释迦牟尼佛像，参观了喇嘛们念《长寿经》，并看到了万福阁的身高二十五米的接引佛像。他们在这个巨大的佛像面前瞻望良久，并向陪同参观的人询问了关于这尊佛像的一些故事和来历。

1956年3月13日，中国佛教协会副会长赵朴初和拉萨哲蚌寺堪布坚白赤烈应印度比哈尔省政府邀请出席菩提伽耶咨询委员会会议，4月4日回到北京。

应中国政府邀请前来我国参加"五一"节观礼的印中友好协会代表团团长巴波托教授，于1956年5月9日上午参观北京广济寺。参观后，中国佛教协会举行座谈会，邀请巴波托教授和中国佛教协会在京常务理事、广济寺住持大悲法师等进行座谈。座谈会由中国佛教协会副会长赵朴初主持。在座谈会上，巴波托教授首先介绍他自己研究佛学已有二十余年，并对《解脱道论》《清净道论》《善见律》的汉文和巴利文，以及《义足经》的汉文和梵文本进行对照研究，并有著作出版，而且介绍了佛学研究在印度的现状。

1956年9月8日，应中国佛教协会邀请，由印度、锡兰、尼泊尔、老挝、柬埔寨、泰国、越南七国的高僧组成的国际佛教僧侣代表团访问中国，印度比丘、印度摩诃菩提会管理部委员巴丹·阿难陀·柯萨尔雅雅那担任代表团团长。代表团先后到上海、杭州、苏州、南京、沈阳、长春等地参观访问了佛教名胜古迹、佛教团体和一些工业建设单位。9月28日，中国佛学院首届开学典礼，国际佛教僧侣代表团应邀参加，团长印度阿难陀大师致辞，他在讲话中表示，希望亚洲国家没有建立佛学研究机构的尽快建立，已经建立的佛学研究机构要进行国际合作，建议佛学院增设"比较研究"一项科目，希望中国佛学院与印度的那烂陀大学密切合作。10月8日，周恩来总理接见了国际佛教僧侣代表团。

1956年11月23日，中国佛教团前往印度，参加释迦牟尼涅槃二千五百周年纪念活动，参与世界佛教艺术展览会和"佛教对人类的贡献"座谈会，在座谈会上宣读了论文并发表了演说。这时，周恩来总理也到印度访问。11月25日，达赖喇嘛和班禅额尔德尼应纪念释迦牟尼涅槃二千五百周年工作委员会的邀请，分乘两架飞机到达新德里，负责迎接的有工作委员会主席、印度副总统拉达克里希南，工作委员会名誉主席、印度总理尼赫鲁等各国佛教长老，印度政府官员、议员和各阶层人士。两万德里市民聚集在机场上，机场装饰着旗帜和彩幡，热烈欢迎达赖喇嘛和班禅额尔德尼的光临。尼赫鲁总理向达赖喇嘛和班禅额尔德尼献了哈达，向他们表示欢迎。25日下午，印度总统普拉沙德在总统府分别接见了达赖喇嘛和班禅额尔德尼。26日上午，达赖喇嘛和班禅额尔德尼拜会了尼赫鲁总理。随后，他们参加了"佛教对艺术、文学和哲学的贡献"的座谈会。座谈会是由纪念释迦牟尼佛涅槃二千五百周年工作委员会同联合国教育、科学及文化组织合作举办的。

1957年1月12日下午，达赖喇嘛和班禅额尔德尼在那烂陀代表中国政府，把玄奘顶骨一份、玄奘的译著一千三百三十五卷以及《碛沙藏》一部赠给印度政府，尼赫鲁总理代表印度政府接受了顶骨，然后转交给那烂陀研究院。达赖还代表中国政府捐赠了人民币三十万，作为在那烂陀建设玄奘纪念堂的费用，并且把纪念堂的一份设计草图交给尼赫鲁。尼赫鲁在致辞中说，这次仪式使我们回到了一千三百年以前，并且提醒了印度和中国的联系历史有多么悠久。我们也想起了玄奘和他的伟大，因为他不仅克服了气候和喜马拉雅山崇山峻岭的困难而来到了印度，而且还进行学习，并且把学到的东西译成了中文。由于玄奘的劳动，在印度找不到的许多宗教经文可以在中国找到。

送到那烂陀的玄奘灵骨原来保存在天津大悲院。公元1956年10月，天津佛教协会选派当时担任佛协秘书长兼大悲院监院职务的温悟和尚为领队，一行五人乘火车护送灵骨进京。然后，由恭候在北京站、来自全国古刹名寺的十二名声望极高的法师，共同乘轿车，将灵骨护送到北京广济寺。玄奘法师灵骨由达赖喇嘛、班禅额尔德尼及济广、义方等高僧乘机护送到印度那烂陀寺。

1958年6月22日，印度佛教学者罗睺罗应中国佛教协会邀请，前来北京、东北和华东地区作短期访问和讲学。

1958年以后，中印两国关系出现低潮，于是两国佛教界之间的交流亦出现中断。进入21世纪，随着中印两国的共同崛起、交往的进一步扩大和深入、友谊的进一步增进和提升，中印关系进入了新的历史阶段，佛教界之间的交流亦翻开新的篇章。

玄奘纪念堂的落成——圆了五十年的梦

玄奘纪念堂的修建，见证了中印佛教界在20世纪50年代的友好往来。但是，出于历史的种种原因，纪念堂未能最后完工。杂草丛生的空地上，一座孤零零的中式建筑物，无力地望着昔日辉煌的那烂陀遗址。

因缘汇聚，随着中印友好关系的发展，修复完善玄奘纪念堂项目两度被列入中印文化交流执行项目协定。在中印两国政府和人民的共同努力下，一座具有中国特色的建筑物辉煌地屹立在那烂陀上。一座仿唐风格的中式门楼，巍然矗立在树林的道路旁，朴实厚重，大气华贵。进入大门，空阔的庭院，整齐的草坪，生机盎然。庭院中，几座汉白玉的石碑，尽显中华文化丰富底蕴，"玄奘纪念碑"简单记载了玄奘法师的生平，"玄奘纪念堂缘起碑"则是说明纪念堂建立的缘起、经过以及重要意义，"《大唐三藏圣教序》古碑"则是刻录唐太宗为玄奘法师译经所作的赞颂序。铜制的玄奘法师负笈像立在庭院的中间，仿佛法师仍然在孤征求法；一座钟亭，一口古钟，和平、和谐之音将从此传出，响彻中印两国的云霄。纪念堂前，铜制的大香炉中，缕缕的香烟从中飘起，纪念着这个历史伟人的丰功伟绩，祈祷着世界的和平。大殿的屋檐下，悬挂着玄奘纪念堂牌匾，上书中国佛教协会前会长赵朴初居士的手迹；两边的抱柱上写着"西天取经三界垂范誉为法门领袖，东土弘传千秋载德尊称民族脊梁"，表达了全球佛教徒对这位一千四百年前伟人的崇仰之情。

进入大殿，一尊铜制的玄奘法师译经像立在堂中，如当年他在专注地翻译、解说经典；译经像后面的墙壁，是汉白玉弥勒经变大型浮雕，一黑一白，形成强烈的颜色对比。大殿四周挂着玄奘法师的生平铜雕壁画，一生的事迹集中在其中，让人瞻仰；铜制敦煌飞天壁画，仪态飘逸，显得灿烂辉煌。同时，印度的艺术家也创作了十多幅挂画，表达玄奘在那烂陀寺活动的一些故事的情景。所以，玄奘纪念堂的修建、落成，是中印两国合作的结晶，是中印友好交往史上又一光辉的一页。

2007年2月12日，历史会记住这一天，和平之钟在此响起，玄奘纪念堂的大门敞开，佛陀法音从此传向世界。让我们记住那烂陀，记住玄奘法师！

走近季羡林老先生

每一个人的人生都是一部书，但是能够被称为"一部启迪人智慧的书、一部净化人心灵的书、一部永远激励人奋进的书、一部令人回味无穷的书"的人恐怕不多，这是时任北京大学党委书记闵维方对季羡林先生的评价。

自从接触佛学研究以来，买过、读过许多季老的书，学术专著如《原始佛教的语言问题》，散文集如《牛棚杂忆》；后来又买了一套《季羡林文集》。听过他的许多佚事，其中印象深刻的一件事是：有位刚到北大报到的新生，在校门口遇见季老，以为他是一位老工人，便请季老替他看一会儿行李，自己去办点事，季老答应了，老老实实地站在那里直到那位学生回来；第二天学校开学了，学生才认出坐在主席台上大名鼎鼎的季老。我认识季老的许多学生，如王邦维、段晴、韩廷杰、湛如法师等；也常去北大东语系玩，办点事情……

季老的学术思想与生活点滴，跳跃地存在着，融化在我的研究生涯中。

最近，季老亲自辑选的《季羡林自选集》全部出齐。季老在为《自选集》所作的序言《做真实的自己》中这样写道："在人的一生中，思想感情的变化总是难免的……我主张，一个人一生是什么样子，年轻时怎样，中年怎样，老年又怎样，都应该如实地表达出来。在某一阶段上，自己的思想感情有了偏颇，甚至错误，决不应加以掩饰，而应该堂堂正正地承认。这样的文章决不应任意删削或者干脆抽掉，而应该完整地加以保留，以存真相……不管现在看起来是多么幼稚，甚至多么荒谬，我都不加掩饰，目的仍然是存真。"我读到这段文字，深深地为季老的真诚坦荡而感动。

回想起2008年1月26日下午，我到湛如法师处闲聊。到了4点钟，法师说自己要去医院探望季老，问我要不要同行。这是千载难逢的缘分，可是送什么东西给老人家结缘呢？法师提议，以前我送给他的《摄论学派研究》，可以先转送给季老。

冬季午后的阳光照在空军总医院的楼道上，静谧、祥和；怀着激动的心情，我们轻轻地敲开季老的房门，一位慈祥、睿智的老人从椅子上站起来，我们赶紧前去问好。湛如法师向季老介绍："这位南京大学赖永海先生的博士——圣凯，和我一起来看看您老。"季老说："赖先生的《中国佛性论》我读过，非常不错，佛教思想研究是很重要的。"这句话确实令我当场大吃一惊。季老是个语言学家,在青年时代远涉重洋到德国去学习古代印度语言,而且将印度中世语言变化规律的研究与印度佛教史的研究结合起来,在印度语言和印度佛教史乃至中国佛教史领域取得许多重要的成就。他在《我和佛教研究》一文中说:"我个人研究佛教是从语言现象出发的。我对佛教教义,一无兴趣,二无认识。我一开始就是以一个语言研究者的身份研究佛教的。我想通过原始佛典的语言现象来探讨最初佛教的传播与发展,找出其中演变的规律。"季老的这两句话放在一起,我们就可以明白季老的真正意思:季老对佛教教义的"无兴趣"和"无认识",这是因学者的专业领域不同,并非季老没有意识到佛教思想研究的重要性。

在这位泰斗型的世纪老人面前,我惶恐、恭敬地把自己正式出版的博士论文《摄论学派研究》放在季老的桌前,小声地说:"请季老多指正。"湛如法师在旁边说:"这是圣凯研究南北朝佛教学派的成果之一,这部博士论文非常出色,正在参加全国优秀博士论文的评选。"季老一听高兴起来,露出天真的笑容,说:"南北朝佛教学派很重要,当年汤用彤先生研究南北朝佛教,《汉魏两晋南北朝佛教史》一书的成就很高,我当年还听过汤先生的课呢。"季老的思绪似乎回到上个世纪40年代,那是一个动乱而又大师辈出的时代。1946年,季老谢绝了英国剑桥大学的邀请,辗转瑞士、法国、越南、中国香港,回到了祖国。当年,汤用彤先生任北京大学文学院院长,聘请季老为教授。季老非常遗憾没有成为汤用彤的及门弟子。1947年，汤先生在北京大学开魏晋玄学课，课堂就设在北楼的系办公室楼上，季老向汤先生请示，终于成为汤先生的学生。这种事情确实是不多见的，一个正教授去听另一个正教授的课，没有放下架子的决心，是万万做不到的。一整学年的课，季老没有缺过一次，笔记记了厚厚的一大本。可见季老刻苦学习与尊师重道的精神。

  季老是一部书，值得后辈的我们多读，多学习。这次，我得幸有缘走近这部百年活生生的书——季羡林老先生。